分离的幻象

〔英〕西蒙·范·布伊 著
刘文韵 译

The Illusion of Separateness
Simon Van Booy

著作权合同登记:图字 01-2015-4687 号

THE ILLUSION OF SEPARATENESS By SIMON VAN BOOY
Copyright © Simon Van Booy 2013
This edition arranged with CONVILLE & WALSH LIMITED
Through BIG APPLE AGENCY,INC.,LABUAN,MALAYSIA.
Simplified Chinese edition copyright
© 2015 SHANGHAI 99 CULTURE CONSULTING CO.,LTD.
All rights reserved.

图书在版编目(CIP)数据

分离的幻象/(英)布伊著;刘文韵译.—北京:
人民文学出版社,2015
ISBN 978-7-02-011064-3

Ⅰ.①分… Ⅱ.①布… ②刘… Ⅲ.①长篇小说-英国-现代 Ⅳ.①I561.45

中国版本图书馆 CIP 数据核字(2015)第 168939 号

特约策划:彭　伦　索马里
责任编辑:马爱农
封面设计:汪佳诗

出版发行	人民文学出版社
社　　址	北京市朝内大街 166 号
邮政编码	100705
网　　址	http://www.rw-cn.com
印　　制	山东德州新华印务有限责任公司
经　　销	全国新华书店等
字　　数	100 千字
开　　本	850×1168 毫米　1/32
印　　张	6
版　　次	2015 年 9 月北京第 1 版
印　　次	2015 年 9 月第 1 次印刷
书　　号	978-7-02-011064-3
定　　价	25.00 元

献给卢克和克丽丝蒂娜

我们在这里,是为了从分离的幻象中苏醒。

——一行禅师

马丁
洛杉矶
2010年

I.

人们只要一想到他就觉得舒心。大家相信他无所不能，并且可以保护众生。

他会静静地聆听大家的烦恼。

当别人熟睡的时候，他便履行职责，那时他会像一个面对大海的孩子那样思考人生。晨光微浮，他便提起水桶，用松香皂和热水擦拭走廊。他手掌上握着拖把柄的地方也因此生出了老茧。水桶是蓝色的，装满水的时候就会很重。水很容易就变污浊了，但是他毫不介意。干完活后，他将拖把斜靠在墙边，然后走向花园。

有时他会开车到圣莫妮卡的码头。每次都是一个人去。

多年前，他在那里向一个女子求婚。

那时晨雾缭绕，他们的人生正徐徐展开。周围海浪拍打的声音不绝于耳，但是雾气太重，他们什么也看不见。

那个时候，马丁是"巴黎咖啡馆"的一个面包师。他留着胡子，每天早起。她则是一个演员。一天早上，她来这里喝咖啡，之后就再也无法离开了。

她肯定也会喜欢"星光养老院"。那里住的很多人都曾是电影演员。住户们总是穿着睡袍来吃早饭，衣服的口袋上写着他们的名字。住户都用法语叫他马丁先生，因为他有法国口音。晚饭后他们会围坐在钢琴边回忆自己的过去。这些人其实都来自同一个交际圈，可他们口中的故事又各有不同。对于一个住户来说，受访的频率和其过去在影视圈的地位成正比。

马丁常被误认为是住户之一。

人们都想知道他到底多少岁，但是他的出生日期是一个谜。

他在巴黎长大。那时，他的父母经营着一家面包店，三口人住在面包店楼上的三间屋子里。

马丁到了入学的年龄，有一天，他的父母叫他到厨房的桌边坐下，给了他一杯牛奶，告诉他曾经有一天，一个人送给了他们一个小婴儿。

"那时是夏天,"他母亲说,"战争还在继续。我已经记不起那人长什么样了,只是我的怀里突然多了一个婴儿。事情发生得就是那么快。"

马丁听得入了迷,他还想多知道些。

"然后她就把那个孩子抱进了我的面包店,问我要东西给孩子吃。"他父亲说。

"是的,"母亲补充道,"我跟你爸爸也就是这么见面的。"

父亲站在漆黑的窗边,对着窗户里儿子的映像,坦白说他们其实拖了好多年,才办理了正式的手续。

他母亲的眼泪在桌布上打转。马丁看着母亲的手。她的指甲很光滑,上面有半月痕。她捏了捏他的脸颊,他脸红了。他想象着一双属于陌生人的粗糙不平的手,并且自己的怀中似乎也感受到一个婴儿的分量。

他问那个孩子后来怎么样了,这下他们不得不全盘交代。马丁一直盯着那杯牛奶,直到他的眼泪落下来。母亲去别处拿来了一瓶巧克力糖浆。她在马丁的牛奶里倒了些糖浆,用一把长长的勺子搅拌了一下。

"我们对你的爱,"她说,"永远比任何的真相更坚固。"

他们同意他在他们的床上睡几天,但是他又怀念起了自己的玩具和自己刚习惯的那一套例行公事。

没过多久,他的妹妹伊薇特出生了。

等到伊薇特六岁、马丁十几岁的时候,他们关掉了面包店,离开巴黎去了加利福尼亚。

马丁想不明白为什么他们会等那么久才去办正式的领养手续。那年,他在芝加哥的一所小小的大学上一年级,当他正躺在床上和女友一起吸烟时,真相被揭开了。

那时下着雪。他们叫了外卖中餐。电视上很快就要上演一部不错的片子。马丁伸出手臂够向烟灰缸时,身上的毯子滑落了。他的双腿结实而粗壮。她将脸颊靠在了他的腿上。他告诉她自己在西好莱坞高中创造了跑步纪录,而且至今没被人打破。她仔细听着,并且说出了自己的不解之处,那就是为什么马丁,跟别的欧洲男人不同,做过包皮环切手术[①]。

———◆———

他开始逃课了。

[①] 犹太教规定,男子降生第六天要进行割礼,也就是环切包皮,二战期间纳粹根据这个来辨认犹太人。

他看书看到眼睛发胀。图书馆还没开门他就等在门口，一直到关门才出来。图书馆馆长留意到他后，给他在员工冰箱内留了个地方让他放吃的。他借的书别人连书名都读不出。他觉得书中的每一张照片都有自己的影子。

学期结束后，他回到了洛杉矶的家。

他父母知道他迟早会查出事情的来龙去脉，但是他们把能说的都已经说了。事发当天他穿的婴儿服也因为太脏而没有保留下来。

他和妹妹一起去海边，却只是看着她游泳。他的家人看电视的时候，他就只坐在一边的楼梯上听着。他在半夜独自开很长时间的车。

他在自家经营的咖啡馆工作。咖啡馆里有羊角包、水果蛋挞，它们被装在小盒子里，盒子外面扎着用蓝线和白线编成的绳子。

一天下午，马丁送完外卖回来，看到前门锁着，门帘也拉了下来。于是他从后门进来，却吃惊地发现整个厨房都是黑漆漆的。他摸黑走到柜台边时，突然灯光被打开，满屋的人大叫："生日快乐！"

大家都打扮得很漂亮，座椅上扎着很多气球。人们亲吻他的脸颊和前额。他多年的顾客都来了，有几个男人戴着犹太无边帽。音乐响起，人们拍起了手。

马丁目瞪口呆。"我不明白，"他说，"发生什么事了吗？"

"我们只是想找个方式庆祝你成人了。"他母亲说。

"很多文化中都有这个传统。"他父亲补充道。

后来，马丁的故事在比弗利山市的晚餐桌上口口相传。人们从大老远的地方赶来，就是为了见他一面，跟他说他们自己的故事，给他看照片，告诉他他并不孤独——永远不会。一天，一个女人到店里来，隔着柜台站在马丁面前。然后她开始尖叫："我的儿子！我的儿子！我的儿子！"

马丁的父母把她扶到咖啡馆的后面，给了她一杯热茶。然后他父亲开车把她送回家，到她家的时候她的姐妹正站在房子前面等她。

星期天马丁得从早忙到晚。

马丁给客人端茶送水，停下来的时候就给生日蛋糕上点缀厚厚的糖霜。没完没了的名字令马丁有些晕头转向，这些名字似乎都在发着小小的声音。每个名字都像一颗怦怦直跳的心脏，但在此刻的静寂里，那心跳声更响、更低沉，也更持久。

他刚摆脱一无所知的困惑，如今又被投入无所不知的梦魇。别人的每一个故事似乎都与他有关。这令他无所适从，难以承受。人们躲在排水管道里，潮湿、污秽、漆黑一片，女人分娩出新生儿，又不得不将他们捂死，以防他们的哭声暴露了周围的人。

多少个家庭被生生拆散，就像撕碎的纸片被投入风中。这些纸片现在都被吹向了他。

马丁决定辍学，于是他父亲就把面粉、水、温度和时间的奥秘教给了他。父亲给他看明信片上密密麻麻写着的烹调菜谱。奥黛丽·赫本有时会坐在咖啡馆的后面和他母亲一起喝咖啡。她常常大笑，用两只手捧着咖啡杯。阿瑟·米勒也会和他的妹妹琼·米勒一起来喝茶、吃纸杯蛋糕。咖啡馆因为常常供不应求而闻名，常常在下午三点关门。

马丁是个好儿子。他工作卖力，把父母也照顾得很好。他觉得没有人欠他什么。二〇〇二年，在母亲临终前，他对她这么说。

"我对你们的爱，"他说，"永远比任何的真相更坚固。"

II.

　　马丁十几岁的时候,他们全家搬去了加利福尼亚。

　　事由一份寄往他们巴黎住处的电报,电报是一个国际人权组织发出的,他的母亲将因为她在一九四三年和一九四四年间的行为而被嘉奖为英雄。马丁和伊薇特欢呼雀跃,他们高兴得画起画来。他们不禁猜想自己的母亲到底做了什么英勇的事情。但是晚饭后,母亲将那份电报烧了。父亲则将烧焦的纸片冲入了下水道,还打开窗户换了换空气。

　　几周后,他们收到了一纸证书,母亲的名字用金色镶在了证书上。一起寄来的还有一份请柬,邀请他们去参加一个官方的活动。她迟迟没有答复,后来有一天晚饭的时候,一个律师来到了他们家。他们以正在吃晚饭为由请他改日再来,但是他坚持留下。

　　"我跟你说了,我没有参加抵抗运动,"马丁的母亲反复说道,"一定还有另一个叫安妮·莉莎的人。"

　　"的确如此,"他父亲说道,"打仗的时候我们根本就不在巴黎。家里的面包店那时已经关门了。"

"但我有证据。"律师坚持,一边打开了他的公文包。

马丁和妹妹被送回他们的房间。他们挨在门缝边偷听,但是没过多久就分散了注意力。

几个小时后他们换上了睡衣,偷偷地回到厨房。母亲脸上挂着泪痕。律师一言不发地坐在沙发上。当他看到马丁和妹妹正站在走廊上时,起身准备离开。

他谢过他们给的晚餐,那块廉价的肉实在不是出于什么上佳部位,那杯普通的酒他也是出于礼貌才喝下肚的。他看到屋里斑驳的油漆、凹凸不平的地板,还有洗得发白的桌布。

"除了证书以外,"他走出门的时候对他们说,"还有一笔不小的奖金,没有人会拒绝的。"

———◆———

他们把一半的钱用在了移民上,另一半在洛杉矶选了一个看起来还算平静友好的地方开了家"巴黎咖啡馆"。那是一九五五年。

咖啡馆现在还开着,由马丁的妹妹伊薇特经营。常来的人会对她用法语说"你好"和"谢谢",别的也就不会了。

咖啡馆的墙上贴满了签名照和多年来的圣诞卡片。游客们用手机在这里照相。伊薇特会放一些爵士乐，母亲当年挂的纱窗还在店里用着。大门上的铃铛也是从巴黎的店里带来的。巴黎那家店现在已经变成了一家二十四小时营业的自助洗衣房。

马丁每周来同妹妹见一次面。他们有时会绕房子走一圈，有时会坐下来吃点东西。他走的时候妹妹总会给他带上一只蛋糕，他把蛋糕放在自己轿车的后座上。

他沿着一条林荫大道开车回家，道路被街灯照得很亮。与他并肩行驶的人望向他这边时，他就会对着他们微笑，可他们大都掉转头去。但是马丁相信人们走过几条街时都有他的微笑相伴——善行无小事。

长久以来，他都觉得这个世界上的任何一个人，都有可能是他的亲生母亲、亲生父亲、亲兄弟，或者亲姐妹。

他很早就明白了这一点，也领悟到人们所理解的生活只不过都是它的各种状况。真相比思考离我们更近，就隐藏在我们已知的事物中。

III.

马丁在"星光养老院"的职责多得数不胜数，比起晚上的活儿，白天要干的只是其中的一小部分。住户们一有风吹草动就会按铃：下水太慢；灯泡没了，看不见；窗户卡住了，没法透气；影碟机开不了，或者遥控器找不到；老花镜找不着，一定是被人偷了；儿子上周买的花得换水了，可是花瓶太重了。

他帮他们梳头的时候，他们会闭上眼睛。有的人还要求睡前一吻或者拥抱。马丁多年来照顾他们，自己倒也并不显老。他们半夜尿床后，马丁就给他们换床单，他们则看着马丁同床垫搏斗。事后他安抚他们，并陪伴他们到再次入睡。

床头柜上总有各种各样五颜六色的药片，还有沉重的相框，里面放着去世已久的故人的照片。桌上的东西更是五花八门：折叠整齐的报纸，各种喜讯、讣闻，宾戈游戏的时间表，医疗表格，毕业典礼的邀请函，还有各种证书。

同样的故事在不同的人身上重演。

今天,马丁提着一桶塑料字母走到走廊的另一端。时间还早——只听到地板排气孔中传出的空调机运转的声音。茶室里空无一人,但是闻得到食物和地毯清洁剂的味道。地毯薄薄的,轮椅或步行器移动起来都很容易。桌边还有专门可以停放这些东西的地方。有些住户依旧端着架子,适应得并不好。

已经是一月了,但是加利福尼亚依旧阳光普照。马丁穿着棕色的皮拖鞋,显得很温和。他的两只脚是灰白色的,浸在浴缸里的时候脚上的毛便会活跃起来。他喜欢凝视自己泡在水里的身体。很久以前,在巴黎的一条拥挤的街道上,这个身体被一个长相未知的男人抛弃,令他的亡妻再也求之无望。

有时他会闭上眼睛,整个儿没入水中。

在黑暗中,在思绪的幕布后,总有人在等待他。

很久以前,当马丁还无法被肉眼看见时,他从一个人的身体游到了另一个人的体内。他是孤独的,陪伴他的只有那另一颗心脏的律动。

后来的事情也许只有上帝才知道了。

———◆———

处理了一天的麻烦事后,马丁将两只脚从拖鞋里抽出,泡在温水里,水里滴有他妹妹从法国买来的除菌剂。

晚上他一般会看电视,他很容易就会睡着,然后就是电视机在看他。如果外面刮风下雨,他就会把电视和灯都关掉,打开一扇窗。

他有过一段三十四年的婚姻。

他们住在帕萨迪纳。现在只有回忆与他为伴。他觉得自己不会再有新欢了。他对已有的心满意足。拥有幸福的回忆,就了无遗憾。

———◆———

木桶里的塑料字母是白色的,它们可以被一个个地摁在一块布满小洞的告示板上。这些字母没有扩音器也能大声地传递讯息。马丁合上告示板的罩子,向后退了一步。

厨房里传来了切菜刀的声音。有人在笑。有人在调收音机的频道。马丁夹着告示板,心想是否应该在把字母摁上去之前先把告示板搬到餐厅的入口处。但是不管怎样差别都不大：每一个字母的重量就跟一根小火柴棒一般。

星期五的时候，一个新的住户到了，他来自英国。

马丁记得在门厅处见过这个人，他的头被严重毁容了，所以给人深刻的印象。他是坐着一辆白色的奔驰轿车来的，他坐在车的后面，随身只有一个行李箱。送他来的是一个年轻的男子，也许是他的儿子，或许是孙子，养老院里有人认出了他，说他是拍电影的。

马丁以前在巴黎的时候，他家的面包店后头有一条小巷子，小巷子的对面是一个公园。马丁获得父母的允许可以去那里玩耍。住在周围居民楼里的孩子有的很蛮横，他们有时会冲他扔石子，或者把他追到巷子里去。附近神学院的牧师们三三两两地坐在长凳上。他们冲着这些恶孩发出嘘声，并挥挥他们的拳头。冬天的时候，牧师们穿着长长的大衣，一起抽雪茄。

无家可归的人聚在一起，睡在公园的一角，等到拂晓的时候，便向城市的各个角落散去。

马丁有时会带一些吃的给他们。他父亲因此责备他，却从未阻止他这么做。这些流浪汉中有一个也被毁容了。他从不做声，总是躲在后面。马丁每次都会确保他也能分到东西吃。

经历了几个多事之秋，世间却一切如旧。马丁在圣莫妮卡的长凳上同样会看到流浪汉，虽然不是以前的那几个了，但是他们依旧吃着隔天的"巴黎咖啡馆"的糕点，脸上洋溢着一样的神情。

告示板做好了，但是有个字放得低了些，就好像要从这个词里掉下来飞走似的。

> 新住户欢迎会
> 雨果先生
> 今天下午三点
> 星光大
> 　　　厅

马丁本来打算在他的房里看赛车的。周六下午他一般都可以休息。但是二十分钟也无妨,况且可能还会有三明治和饼干。新来的雨果先生也许还会带来一些有趣的故事。可能他也结过婚,现在不得不一个人过活。可能他的童年也是个谜。每个人的经历各不相同,马丁坚信——可是到头来的感受也许无甚异处,回想当年那些难以释怀的恐惧,也许最终看起来根本无足轻重。

IV.

马丁把餐厅的所有窗户都打开后,检查了一下制冰机,它时不时就会卡住。他想上楼去边看电视边烤面包,但是发现桌子上的花瓶都空了。多伊尔太太坚持要插鲜花。这意味着马丁在花园的工作量又增加了一些,但是他并不介意,因为鲜花可以增添生趣,并且会令他想起自己的亡妻。

花园附近有一个水塘,常有蜻蜓飞来。有时马丁会放下手中的推车,追着蜻蜓跑到花园尽头。水面折射出午后的阳光,但是倏忽又不见了。

他采了一大捆紫色的花带回室内。

多伊尔太太午饭后回来了。因为开着空调，窗户都紧闭着。厨房里传出笑声。多伊尔太太看到他不顾麻烦采回来那么多花，并且还戴着领带，一定会很高兴。这样就会让她显得很专业，她说——正如插满花的花瓶和运转正常的制冰机让她脸上有光一样。

马丁听到厨房里传来了多伊尔太太的声音。但是这个声音很快就被烧开水的金属缸子发出的呼啸声盖过。接下来则是蒸汽升腾，滚烫的水滴向下流淌。杯盏一个个被翻了过来。多伊尔太太端着一大盘食物顶开了双开门。盘子的边缘是生菜叶。小萝卜雕成北极花的样子。三明治切成了三角形。桌上盖着一块平整的白布。花瓶里盛着清洁的水，插着紫色的花。

厨师长也端着杯碟走了出来。他的头巾是黄色的。他的妻子也在厨房做事。他们每天都会到外边去斗一次嘴。多伊尔太太试着把告示板上的那个字摆正，可是徒劳无功。

马丁想自己如果不在这里工作的话还会做什么：马达疾驶过沥青马路发出刺耳的声音。滚烫的轮胎。灰色的车道上划着黑色的线条。厨师沏茶的时候,在世界的另一处,有人正在车道上急转方向盘,成千上万的人在为他们欢呼尖叫。响声震耳欲聋,可是车手们却充耳不闻。他们在头盔下戴着防火面罩。在摘下头盔后,车手们才感觉到它的分量,因为他们的肩膀如火烧般生疼。

在与妻子或情人拥抱的时候,他们会回想起刚才某个惊险的转弯,对于他们已经遍体鳞伤的车子而言,那真是致命的一瞬。

年老的时候,他们躺在床上,依然会梦到这个下午——他们咬紧牙关,孱弱的双脚还在踩着梦中的脚踏板。

马丁咀嚼着一块三明治。黄瓜切得很薄,与黄油拌得很匀分地搭配在一起。厨房传来婴儿的哭声,紧接着又变为欢笑。有一个厨子刚生了一个小宝宝,每周六都会带来给大家看。多伊尔太太并不介意。她自己的孩子都已长大成人。很多住户都很高兴。他们都想抱抱这个孩子,但是没有得到允许,所以他们只能想象一下,并借此回忆自己的一生。

三点左右，新的住户雨果先生到了。他的头部有严重的畸形。马丁猜想他也许是参加了第二次世界大战。照年龄看应该差不多。他的嘴半张着，呼吸粗重，他毫不迟疑地走向了桌上的三明治。他的眼睛灰蒙蒙的，也许看不到紫色的鲜花。突然，他的双腿一折，倒在了地上。

马丁急忙过去。多伊尔太太吓傻了。厨师长冲进厨房大喊他的妻子，可是这个老头儿只有一两分钟的生命了。

马丁将手臂放在雨果先生的身体下面，像抱孩子那样抱着他。他尚有呼吸，神志也还清楚，但他的眼珠滚动不停。他的嘴里有血，因为他咬到了自己的舌头。

马丁以前经历过这样的事。他安抚老人说医生马上就到，老人的眼珠终于停止了转动。马丁一秒不差地凝视着老人，因为每一刻都有可能是他生命的终点。

他轻抚老人的头发，紧紧地抱着他。马丁哼起了自己记忆深处的一首老歌，老人的眼中突然闪现出光芒，这首曲子显然让他想起了什么。他头部的重伤是因为多年前一颗子弹打中了他的脸。

一切都已注定。马丁俯下身,轻轻地对老人说了他的妻子临终时对他说的话。

然后,呼吸,缓缓地,几乎是故意地,停了下来。只是有那么一刻,老人以为自己还活着。他感受到了马丁的心跳,以为是自己的。

V.

护理人员赶到的时候,马丁回到了自己的座位上。多伊尔太太看着他们将遗体装上车,和医学检察员交代了几句,检察员在一块写字板上做了些笔记。

"他去了一个更好的地方。"她说。

"多伊尔太太,并不是每个人都信上帝的。"检察员说。

"医生,这个不重要,"她对他强调说,"上帝会把他带回去的。"

马丁想看的赛车比赛已经结束了。车手纷纷将香槟洒在对方身上,人们欢呼雀跃。

有几个住户坐在外面水塘边的长凳上说话。这样的事情对他们而言永远是难以接受的。

马丁想象自己脱下衣服沉入水中。水底是软软的,他的双脚没入潮湿的黑暗里。

他整个头浸入水下,睁开眼睛。有点刺痛,但是他能看得清。

他被一个他甚至想象不出的人交给了他的母亲。

他一无所知,所以可以最好的假设。

那个时候,"星光养老院"还没成立。洛杉矶只是一个随处可见豪车和汉堡便利店的城郊地区。一年四季气温居高不下,空气中布满灰尘。

夜晚的时候,霓虹灯照亮了林荫道。

雨果先生的遗体被带走了。

回忆转化为想象时,我们对其中的过渡无甚觉察。

餐厅里老人死去的地方曾经是一片浅浅的森林。森林的尽头是一条缓缓流淌的小河,狮子在河边大口喝水,一部分的水又沿着它们的嘴角流下。

远处,干草燃烧后烟雾缭绕。

住在这里的人喜欢搜集橡果和贝壳。他们捕杀野鹿和其他小动物。

星光水塘下埋着一个女人的尸骨。她因表演族里的老歌而在部落里出了名。她在篝火边唱歌，大伙儿听得入了迷。

她最爱的人是自己的女儿。她们总喜欢把羽毛排列得整整齐齐。其他人会停下手中的活儿看着她们。

那个女人的女儿曾在救护车停靠的路缘处发现了一只小鸟。

她陪着小鸟等待它的母亲，一直等到黄昏，最后她将小鸟带回了家。

族里的其他孩子都跑去看，大家都兴奋异常。

雨果先生
英国，曼彻斯特
1981年

I.

我将目光从电视机上移开，会看到窗外丹尼的脸。我挥手招呼，进来，进来。门开了。

他要我换到儿童节目。我们一起看到黄昏。然后我们做点热的东西吃。他总说"谢谢你，雨果先生"。丹尼一直都是有礼貌的孩子。

丹尼搬到了我的隔壁，我认识了他。我那时在曼彻斯特皇家医院值夜班。有时我会提前完成任务。我就坐下来看看书。喝咖啡。观察病人的滴液瓶。

我住在联排的房子里。隔壁那一栋在丹尼和他母亲搬来前空关了六个月。我买好东西提着袋子回家时，总会停下来透过那家的窗户往里看。空荡荡的屋子，给人悲伤的感觉。

一天，一辆小货车靠边停了下来。我隔着窗帘观察外面的情形。

穿着工作服的人们从车上搬下椅子、床、箱子。到中午的时候，他们坐下来吃东西、喝茶，闭目养神。

后来一个女人和一个小男孩开着一辆棕色的车来了。

几天后我在门口碰到了这个女人。她买了些牛奶和鸡蛋，手里拿着一瓶巧克力牛奶。

"今天是我儿子丹尼的生日，"她说，"我们刚搬来。"

我点了点头。

她来自尼日利亚，说话时轻声细语，好像每一个词都是被请出来的，而不是自个儿蹦出来的。她在五十年代和她的父母一起来到英国。那时她还只是个小女孩。

❖

这里很冷，冬天日照短。而且常常下雨。

我静静地坐着，惦记着隔壁男孩的生日。我的电视机开着，但是我一点儿也没留神。隔壁的门上拴着一只气球。有风的时候气球就会飘到我的窗户前上下扑腾。三点左右，不少孩子跟着他们的父母一起来了，几个小时后他们又精疲力竭地离开（有的在哭）。我在窗帘后观察着这一切。

我有时会在他们的门口留几只番茄。我自己在花房里种的。英国人早上喜欢吃煎番茄。

———◆———

那晚是我第一次见到丹尼。我被门铃声吵醒。我有些害怕，因为夜很深了。

丹尼穿着睡衣，牵着妈妈的手。束腰睡衣是蓝色的。我之前没见过他，不过隔着墙听到了他的一切动静：在床上蹦跳；大喊大叫；生病的时候彻夜地咳嗽，弄得我跟他一样无法入眠。

"雨果先生，抱歉这么晚打搅您，"她说，"但我突然有点急事。"男孩尽量把目光从我的畸形脑袋上移开。他的妈妈之前肯定关照过他。每个人第一次看见我的脑袋都会吓一跳。不过随着时间的流逝，一切都会习以为常。

我摸摸下巴上的胡碴。

"雨果先生，我必须出去一下。工作上的事情。我没法把孩子一个人留在家里——您能帮一下忙吗？"

我点了点头。

"太谢谢您了，他是个听话的孩子。"

他的妈妈弯下腰：

"丹尼，这是雨果先生，那些好吃的番茄就是他给我们的。"

"可我讨厌番茄。"小男孩睡眼惺忪地说。他的睡衣上有赛车的图案。他的小手不知该放哪儿。

那晚很冷，我们三个就这么站在夜色中。

"真是急事，您就让他在沙发上坐几个小时，他不会给您添麻烦的。"

她转身离开。

"丹尼，要——听——话——哦！"

我把孩子领进起居室。他一直低着头看着自己的脚。我叫他坐。然后我把灯打开。

"喝点茶吧？"

他点了点头。

水慢慢烧开。我通过厨房的小窗观察他。

"你叫什么来着？"

"丹尼。"

"几岁了？"

"七岁。"

"要加糖吗?"

点点头。

"多少?"

"五块。"

"真多啊。"

"我知道。"

————◆————

我坐在他对面的一把深陷的椅子里。我们都捧着杯子一口一口地抿。我想把收音机打开,但最终还是没有。

后来小男孩开了口:

"对不起,请问现在几点了?"

"很晚了。"

"有多晚?"

"非常晚。"

"那就是很早了,对不?很晚,所以又变成早上了。"他说。

我点了点头。

"你妈妈有什么急事?"

"妈妈照顾那些老人家,有时他们晚上也会需要她——比如他们从楼梯上跌下来,或者死掉的话。"

"那谁照顾你呢?"

"詹妮丝。她住在我们斜对面。"

"詹妮丝现在在哪儿呢?"

"不知道。"

"你爸爸呢?"

"不知道。妈妈说爸爸在钻油塔上工作。"

"你见过他吗?"

"还没有。"

❖

我们坐着聊天,然后就在椅子上睡着了。他妈妈第二天上午才回来。那时我在炸香肠。门铃响了。她提着一个白色塑料袋,里面有几罐啤酒。她看起来很疲惫。

"这个给您,"她说,把袋子给我,"小小心意,谢谢您帮忙。"

雨水让道路发黑。丹尼趿拉着拖鞋吱呜吱呜地走回家。我的屋子又安静了下来。

我上楼。

坐在卧室里。

拉开窗帘。

睁着眼睛躺下来。

没过多久,我看到丹尼被人从床上拽起。

警官在维持秩序。

外面有人尖叫,还有枪击声。周围的邻居们都透过纱窗往街上看。丹尼被人从他妈妈身边拖走。这一切都不像电影中只有黑白两色,而是如同现实生活那样色彩分明,而且触目惊心。

不同的人轮流拽着他的手臂。他的拖鞋掉了,他眼看着自己的妈妈中枪。她的脑袋被炸开了。有白色的东西流出来。她的头发黏在一起。丹尼的小拳头握紧又张开。

我跟丹尼有可能是以这样的方式见面。我可能也会接到这样的任务。有人可能也会给我下这样的命令。但是我做了别的事。我穿着制服。我行进。我向领袖致敬。装枪。射击。总会有血,总会有人流血。

我一下子吐在了地毯上。厚厚的一团。我伸手摸了摸自己粗糙的白发,还有那寸草不生的畸形的区域。

我站在浴室里,开着冷水。浑身麻痹。

那些日子,我总是自我惩罚,但于事无补。

我下楼去,看着厨房里尚未喝尽的茶杯。还有余温。我眼前又出现了他的拖鞋。他小小的脚。有赛车图案的睡衣。他温柔的眼睛似乎在问:"您的脑袋怎么缺了一块?"我觉得这个小孩很特别,就像巴黎公园里的那个男孩,那个总会给我和别的流浪汉带蛋糕来的孩子。

现在又来了一个孩子。

不:

是一个小天使。而雨果先生则变成了孩子,坐在沙发上,捧着茶杯,有人静静地陪着他,度过黑夜。

他人的梦将我从自己的梦中唤醒。

II.

丹尼放学后常来我这儿。他的妈妈工作到很晚,所以并不介意。我会做饭给他吃。丹尼最喜欢吃炸鱼条,豆子,还有美式炸薯条。他自己会从冷冻箱里把炸鱼条拿出来,然后排在烤箱盘上。炸鱼条得慢慢地烤,不然中间就会是冷的。等待的时候丹尼就看电视,他会时不时笑起来。我通过厨房的小窗口听到这一切,心里感到轻松,无所畏惧。

然后我们就一起吃饭。一个男人和一个男孩一起吃饭:我有种情景重现的感觉。我的刀叉给丹尼用太大了。我想到了那把刀。我一直记得那把刀。我父亲一直把它放在壁炉上方。我应该把它埋起来的。然后丹尼打断了我的思绪。"一定要多放点番茄酱,雨果先生,黄酱也要多一点。"他把醋淋在薯条上,给我的薯条也淋了一些。我不喜欢醋,但是已经来不及了,我不想扫他的兴。丹尼总会把某一根薯条留到最后。我一直不明白他为什么要这么做。

他回家后我开始洗碗。有时我会留到第二天一早再洗。豆子在瓷盘上冷却下来后会变硬,很难清洗,但是我感到轻松，无所畏惧。

————◆————

一天下午，丹尼带来了几支新的铅笔。所以儿童节目开始前，我们便画起了画。

"你画的云不错，好像是你从天上偷下来的。"

他不出声。

铅笔划在纸上，叹气一般。

"这是不可能的。"他说。

"什么不可能？"

"把云偷下来。"

"我知道，我的意思是你画得很好。"

"我在学校画很多画。我希望我们整天都可以画画，但是不行。"

"除了画画你们还学什么？"

"不知道。"他说。

"你不知道？"

"太难了。"

"什么太难了？"

"比如认字。我就是不会。"

我想了一下。"丹尼,很多东西都很难。生活中你会遇到很多事,有时你会招架不住。"

他看起来很伤心。

晚上我们吃袋煮鱼、青豆、面包、黄油。

我看着他把青豆推下盘子。他说他不喜欢吃鱼,可我知道他明明是喜欢的。我明白是怎么一回事了。

《笑不停》放完后,他妈妈还是没有来。十点新闻开始了。我们听到大本钟的声音,播报员也读完了头条新闻。丹尼说世上的一切都出问题了。

然后他妈妈终于打来了电话。她说她照看的一个老人情况还是没有好转。

我问丹尼要不要再画一会儿。他的眼睛盯着电视机。

"妈妈马上就会来的。"他说。

"来吧,丹尼,我们画画吧,因为有个东西我总是画不好。"

"是什么东西?"

"就是线条。"

"线条?"他问,"就是你刚才画的那些?"

我点点头。

"线条很容易画,"他说,"你要我教你吗?"

他妈妈半夜按响门铃的时候,我们已经用毡尖笔画了几十页的线条。

"没我想象的直,"丹尼说,"但你应该明白我的意思了。"

"按我的标准来看已经很好啦。"

"你要做什么,需要不直的线条?"

"一本书。"

"书名是什么?"

"《线条之书》。"

※

一个星期后我们开始画曲线。再之后我们玩声音的游戏,赋予每个不同的几何形状属于它们自己的声音。我们看到不同的形状告诉你"饿了"、"冷了"、"害怕"、"无聊"、"失望"等意思,觉得极有乐趣,惊喜无比。

我想要向这个孩子传递的信息是:人的生活往往会被纸张、沙子或石子上的那些慢慢被识别出的曲线所改变。

丹尼对我的话照单全收。

几周后,丹尼笔下的线条组合成了形状,他突然发现它们变得跟学校里的东西一样,便不愿意再继续下去了。

我惭愧地承认,我用巧克力棒收买了他,因为那时我们离成功仅一步之遥——他知道每个字母的读音,所以他需要的只是信心,而信心可以通过勤练来获得。

两个月后,在喝睡前饮料时,突破性的时刻来临了。

丹尼盯了装有巧克力粉的盒子足足十分钟,然后从他的小嘴里蹦出了"速溶"这个词。

他在屋子里跑圈、尖叫。

没过多久,他妈妈就允许我带他上图书馆了。在那里,丹尼告诉了雨果先生关于恐龙、彗星、黄金矿工,还有水蒸气的知识。

丹尼十二岁的时候,他妈妈同一个苏格兰男人相爱了。他们要搬去格拉斯哥。丹尼那时在学校的成绩很不错,还交了一个叫海伦的特别的朋友。海伦长着一头红发,声音很低沉。她的父亲在银行工作。丹尼说海伦爸爸是一个大人

物。他们放学后会一起来我家。丹尼是个有礼貌的孩子——他会给海伦拿吃的、喝的，看电视的时候还会给她找搁脚的地方。他肯定之前跟她说过雨果先生的头可能会吓到她，因为我们见面的时候，海伦的第一句话就是："每个人都不同，这难道不好吗？"

她没有多问，我对此感到庆幸，因为连我自己也记不清了。我只记得我醒来的时候在一家法国的医院里，身上伤痕累累，我自己都认不出自己来。我知道自己做过的一些事，因为那些事件中的人还时不时会在我的脑海中浮现。我也知道我缺失的头颅被炸成碎片散落在巴黎，无迹可循。

丹尼和他妈妈搬走后，我的生活又安静了下来。

电视、天气、西红柿、噩梦……透过窗帘看外面的一切。

后来，在丹尼搬走的一个月后，我在某一个凌晨醒来。那时是冬天，我走出门，站在屋后的围廊上。

空气冰冷。我在镶着银边的朝霞中挥舞手臂。

黑压压的云预示着大雨将至。

有一截粉笔夹在人行道上的石缝间，是丹尼的。

我跪在地上，开始用这支粉笔在地上画直线。然后是曲线和字母。接着我将字母组词成句。很快地上就写满了：

"丹尼坐在公园的长凳上晃动他的双腿。炸薯条，在上面加很多番茄酱。在楼梯上跑上跑下。台阶上传来他妈妈的脚步声，然后门铃便会响起。他的袜子总是掉下来。用勺子搅拌奶茶。把叉子擦干，然后把它们放在抽屉里。他的额头上有一缕头发。热巧克力。在椅子上睡着。丹尼的脸出现在窗户后面。门会自己打开。台阶上吱呜吱呜的拖鞋声。水壶里的水慢慢烧开。"

下雨了，但是我没有停下。

很快，落雨的速度超过了我落笔的速度，但是我一直写，一直写，直到什么都看不见，什么都写不了。我只想要把握那一刻那一秒，之前和之后的一切都不在乎。

这是我给丹尼的礼物。

塞巴斯蒂安
法国，圣皮埃尔
1968年

I.

　　塞巴斯蒂安透过教室的窗户往外望去，马路上没有汽车，人行道上也没有手掌般的枯叶飘落。即使够不着什么，他也会将手臂朝着那个方向伸去。思考和欲望合二为一。

　　放学以后，他就会带着海莉去看他在林间发现的那具铁壳。午休的时候，他想在操场的某个角落一直拥抱她——紧紧地拥抱她，直到她变成自己身体的一部分。然后，他会带她进入农场后边的林子找到那架坠机。在那里，她会爱上他，和电影里的情节一样，他和外婆在周六下午看的那些电影里都是这么演的。房间里光影绰约，音乐低沉。演员们的脸是柔和的灰色。电影总是由一支舞蹈开始，然后总会有一通电话。

半空中挂着还没洗过的床单,上面有海盐的味道。从一早就开始下雨了,门铃响的时候就会下雪了。

塞巴斯蒂安被打在窗上的雨声吵醒,雨点密密麻麻,就像一千只眼睛。屋外狂风大作。小鸟再也飞不成直线。泰迪熊也从床上吹落到了地上。这些泰迪熊每一个都有名字,每一个都有不同的行为方式。他喜欢每天晚上抱着其中的任意一只睡觉。这样他才能度过黑夜。

教室里的灯光总是明亮而温暖。大家一起养的小老鼠"嘀嘀"和"嗒嗒"都在睡觉。它们的绒毛又浓又密。塞巴斯蒂安每天早上头发总是翘着,必须用水才能把它们压下去。

他上学前总喜欢画十分钟画。有时,他在削彩色铅笔的时候,铅笔芯会断掉,这样他就得从头开始。他妈妈对着他大叫,催促他赶快换衣服,但是他只是盯着空空的袜子。他能感觉到里头没有的东西。

他的画没有完成。

那是另一个世界的轮廓。

他通过想象别的世界来感受这个世界。

他通过玩耍来认识自己。

他关上了这个生命的卧房门,因为生命之门如此之多。

妈妈再一次催他赶快穿衣。他愤慨地站起,心脏的搏动给了他力量。

学校的专制。

烤吐司,抹黄油。

水壶把魔鬼驱赶到这个世界。

他的脚在桌子底下搁在了小狗的背上。只要时不时给小狗一些面包屑或香肠粒,它就不会离开。

时间还早得很,但是父亲已经在外面开着拖拉机干活了。

学校的走廊里充满了牛奶和外套的味道,回荡着孩子们脱鞋的声音。有时孩子们把袜子也连带着脱了下来。和他们一样,袜子也不想离开家。

害怕迷路。

永不消逝、挥之不去的恐惧。

接着,铃声响起,一长串名字被读了出来。塞巴斯蒂安都可以背下这个名单了,他躺在床上的时候也会默默背诵,好像祷告一般。课桌的桌板像大嘴一样张开又阖上。他面前这把座椅后背上刻着小字。他感受到了老师的不悦:从她的站姿、举动、发型、衣着都能看出来。

总有一天他会上完这些课。放学铃声会响起,这意味着荣耀、自由、有所追求。他可以回家坐在桌边无所事事,可以去丛林探险寻找小动物,可以去看望那具残骸,敲打它坚硬的外皮。

他可以拿出自己的乐高玩具火车,让小人钻在火车下修理引擎。他可以拉上窗帘,打开手电筒放进袜子里。手电筒的光就像月光一样,洒在火车的轨道上。塑料小人要回家吃饭咯。他们的饭也是塑料做的。他们急匆匆地赶路,因为这样可以取暖。

他们和我们是一样的,只是小点儿而已。他们的口袋里也装着东西,也有开心和不开心的时候,他们也会在相爱时做出残忍的事情。他们也会打哈欠。也会清醒地躺在床上,难以入眠,一遍一遍回想曾经的争执,或是被欲望所左右。他们会生下塑料小宝宝,小宝宝的爸爸在火车站工作。即便在半夜,也得修理火车。

没人知道半夜的时候火车是怎么在北极抛锚的。但愿吃晚饭前会有奇迹发生，这样海莉和她的家人就不会在冰天雪地里被冻僵，那里有白色床单做成的冻原，还有锡纸做成的湖泊。

塞巴斯蒂安还是望向教室的窗外。老师的嘴一张一阖，但似乎什么也没说。她的心是沉睡的。他的心也是沉睡的。孩子们的心都沉睡着，他们什么都不会记得。

他想象着自己来到了那个残骸的黑铁皮屋里——那里很快就会是他们共同的家了，他坐在以前叔叔伯伯们坐的那把很重的椅子上——那个时候这具铁壳还会在空中飞来飞去。塞巴斯蒂安是从老电影里看到这一切的。他见过很多铁壳在空中飞的情形。那时的世界是灰色的。驾驶铁壳的人们戴着面罩。你听得到他们的呼吸声。

塞巴斯蒂安觉得那时的法国跟现在很不一样，那时没有奶油蛋卷，也没有永无休止的课业，暑假更不可以坐着篷车去微风吹拂的海边——那时有的只是满地的泥泞，只是穿着围裙的女人抬头看着巨大的铁壳从头顶飞过，互相朝着对方的机膛射击。

而孩子们站在水坑里盼望着爸爸回家,他们抬头看见子弹壳掉落下来,低头只见自己站在发灰的水中。他们光着脚,瘦骨嶙峋。塞巴斯蒂安在电视上看到过这样的景象。他的外婆也跟他这么描述过。

塞巴斯蒂安有一种前所未有的感受:燃烧的房屋,恶狗冲着躲藏的人们大叫。他在书上也见过这样的图片。他知道很久以前发生过一些事——不好的事。他能从图片上孩子们的眼中看出这一切。

他想带海莉一起到他的秘密之屋去,进入那金属的大肚囊。他的秘密之屋就在他家农场后面的小树林里。敲敲门屋子就会发出打哈欠般的声音。他妈妈叫他不要在农场尽头的小树林里走得太远,但他根本没放在心上。结果他便犯了错。作为惩罚,他得干家务。他得在星期天的时候帮助爸爸给奶牛喂甘蓝菜。他得在三次提醒内换好衣服。他还得收拾好自己的乐高玩具。

圣诞节前的那几周,天黑得很早。人们早早就上床睡觉

了。冬天是用来做梦的季节。月光洒在塞巴斯蒂安窗前的小花园里，皎洁而锋利。他把窗拉开一条缝。冷风立刻像翻腾的小舌头一样钻入他的睡衣。他留神倾听小动物发出的声音，有时的确能听到一些。圣诞装饰用的金属彩条将屋子围了一圈。壁炉上用绳子挂着圣诞卡片。

海莉答应跟他一起玩了。

昨天她说她会来。那时他心想：

带她去看铁壳！

把她带入小树林。为何不呢？

她看到小树林一定会很高兴的。他一想到这个就喜出望外。她会乐不思蜀。她肯定会感到疑惑，他知道。他自己也想找到答案。为什么会坠机？它是从哪里来的？如果里面有骷髅，那他还没有找到。死里逃生的"骷髅"后来有没有孩子？他们现在是不是已经变成了真正的骷髅？也许骷髅们躲在了树洞里。他听说过这样的事。有一次新闻里就报道过。

他知道一个人长大后才能结婚。这真是令人难受，因为他现在已经准备好了。他知道结婚后你得找栋房子，然后在医院会有小宝宝裹着毯子被人小心翼翼地送到你的怀里。宝宝的小圆嘴噘成"呼"的样子。

铁壳的深处有湿湿的垫子。那里漆黑一片，光线也有照不到的地方。前头的挡风玻璃裂成小块，就像蜘蛛的眼睛。有一些碎了，有一些则脏得看不清楚。

下雨的时候，飞机的残骸就会梦到打仗。有时塞巴斯蒂安坐在放着枪杆子的那个座椅上，假装向树后正默默吃草的牛群发射。他想象每一头牛都变成了一包包冒着热汽的烤牛肉。然后他再向土豆开火。甘蓝菜也被炸得粉碎。

他第一次发现它的时候，不敢进去。他不停地拍打铁壳的黑色表皮，听着声响。他四下寻找第二只机翼，但是找不到。他在一只瘪胎上尿了泡尿，轮子旁边是一堆变了形的黑色金属物，他决定从那个裂开的地方走进去看看。

塞巴斯蒂安不知道这具铁壳当年是如何冲破密密麻麻的大树的，它竟然还用玻璃鼻子在地上刨了个坑。

他爸爸说农场后面的林子要清理的话需要花很多钱。他们家是在塞巴斯蒂安一岁的时候买下这块地的。爸爸原先是巴黎的一名律师。他在一辆去阿姆斯特丹的火车上遇见了塞巴斯蒂安的妈妈。当时火车上没有别的座位。他们只得坐在一起，其实两人心里都对此很是满意。他妈妈是从诺曼底来的，梦想能留在乡村。他们结婚以后，开始寻找适合他们生活的地方。

老师有时会停下说话,当塞巴斯蒂安转过头去的时候,她已经在看着他了,似乎在说:你为什么望着窗外,而不是看着我?其实塞巴斯蒂安并不是真的望着窗外,他只是透过那本刺穿了他的心的剪贴簿望向了更远处。

心是生活的导演。

塞巴斯蒂安想在铁壳里给海莉安个小家。他们可以坐在旧椅子上摁按钮。到处都是灰尘、泥土、油渍,一股沉重的味道,滴水的声音,嘀、嘀、嘀。(还有嘎吱声。)

那里有表盘,有开关,还有拉杆。这些东西一定都记得事发的经过。它们互相陪伴,默不作声。

塞巴斯蒂安在座椅下又发现了一个东西,是一个皮质的小箱子,箱子里有很多棕色的卡片,还有一个女人的照片。

这些秘密像一团棉花般堵住了他的嘴,但是如果他对别人提起此事,铁壳就有可能被带走。他是第一个发现它的人,可能会因此而出名(登报或者上电视),会的——但是如果出名要以夺走庆祝的对象为代价,那么塞巴斯蒂安宁可保持沉默。毕竟,每个人在自己的心中都已经很了不起了。

是的,下雪了。

三岁大的孩子兴奋地大叫。

其他孩子迫不及待地与雪融为一体,而塞巴斯蒂安却靠在餐厅的墙上。有些孩子一边踢雪一边大笑。他们总是互相模仿,这真是令人讨厌。

家长们一边聊天一边吸烟。

大门口的马路上汽车轰鸣着驶过。刹车灯时不时地闪烁。

海莉。

她的眼睛深深的,黑黑的。她的头发整齐地梳向了一侧。她不说话,只是微笑。她掉了几颗牙。她的鞋子不会像他的那样泥泞不堪,而是永远亮丽如新。她的双肩包上有一只猫的图案。海莉极喜欢猫。她自己有一只小猫,塞巴斯蒂安有一回和它一起玩过。但是在塞巴斯蒂安的想象中,他和这只猫已经成了兄弟,这只小猫会说话,会告诉他海莉家里的事。

"我今天不能玩。"她说。

"你一定得玩。"

"妈妈要来接我。"

"为什么是她接？"

"因为今天我要去看牙医。"

"为什么？"

"我也不知道。"

"你不能明天去吗？"

海莉耸耸肩。"那我问一下。"

"我要给你看一样东西，你肯定不会相信的。"

"明天给我看吧。"

"必须是今天。必须是现在。"

"为什么？"

"因为所以。"

海莉的妈妈在不远处出现了，她在招手。

"你可以把你的猫也带来。"

"好吧。东西在哪里？"

"你去了就知道了。"

"我们可以明天去吗？"

"今天可以吗?"

"我已经跟你说过了。"

海莉的妈妈快走到他们身边了。

"那我给你点东西吧。"塞巴斯蒂安说,他的手在口袋里摸索着。他拿出了一张小小的、皱巴巴的、黑白的照片,上面有一个女人。海莉把照片从他手里一把夺了过去。"我终于嫁给塞巴斯蒂安了。"海莉心想。

———◆———

他们两个似乎都穿过照片上白色的褶皱而跌入了其中的世界。照片里这个年轻女人倒没有注意到他们的闯入。照片的背景中有一个热狗摊,还有一个摩天轮。

这个女人仰着头。

她似乎马上就要笑出声的样子。

塞巴斯蒂安是在飞机残骸玻璃鼻子的一个座椅下发现这张照片的。

"她是你外婆吗?"

"不是,"塞巴斯蒂安说,"是你长大以后的样子。"

海莉紧紧盯着照片看。她用指尖轻轻地摸摸这个女人。

"我喜欢'我'的头发。"她说。

"是啊,我也喜欢,就像我外婆的头发一样。"

塞巴斯蒂安将照片翻过来。"她的名字和你的也很像。"

他们盯着那一串字母看。这时,海莉的妈妈走了过来。

"再见,'哈莉特',"塞巴斯蒂安小声说,"明天见。"

约翰
纽约，康尼岛
1942年

I.

摩天轮比平时转得慢一些，这样女孩子们就可以同他们即将赴战的男友吻别。

"哈莉特，站着别动，不然拍不好。"

约翰的爸爸给了他一个相机。

"风太大啦。"她大叫道。

约翰放下相机，向她走去。

"我只想要一张你站在木栈道上的照片。"他说。

她亲了亲他的嘴，拉了拉他的头发。

"别走。"她说。

"别走？"

"我不想要你走。"

"如果我不去，我就不能回来。"

"别走。"她说。

他们坐在一堵矮墙上,看着海滩。人们躺在毯子上。天气很热。有人在海里游泳。孩子们坐在帆布伞下静静地吃东西。

有事正在发生,没人知道它会在何处终结。约翰家所在的那条街上的孩子们都不知道他们的父亲什么时候可以回家,不知道为什么邻居会在深更半夜来敲他们的房门——不知道为什么有人会在厨房里一边听广播一边哭泣。

晚些时候,他们手拉着手,一起向地铁站走去。

"你的相机还能拍照吗?"哈莉特问。

她拉了拉衬衫,理了理头发。一想到他可能永远都回不来了,他们此刻就愈发感到亲近。

约翰稳住双手,透过一个小孔看着眼前的这个女人。他从未如此深爱过某个人。但他无法向她告白。

他把这个事实像铁锚一样沉在自己的心里,这样她就可以少一些痛苦,这样或许她还可以再嫁他人、生子、看着孩子长大、给他们做午餐、送他们出门、去大学看望他们、自己慢慢变老、计划退休生活、把自己的首饰留给孙辈,了无遗憾——甚至忘却,甚至忘却她初嫁的那个男孩,虽然他曾在康尼岛给她拍照,虽然他后来驾着 B-24 轰炸机在法国海岸线上空被高射炮击中,机毁人亡。

他们的爱再浓烈,也只会是她生命中的一个篇章而已。

这段小插曲将在泥泞的田野上空的枪林弹雨中告终。

就在按下快门的那一刻——一阵疾风将约翰的帽子掀了起来。哈莉特笑得前俯后仰。她身后的摩天轮和过山车上的人们也在大叫。海边到处可以听到他们的声音,他们似乎永远沉浸在人生最后的一个快乐午后。

艾米莉亚
纽约，爱得威
2005年

我十一岁的时候，全家得知我的病症是永久性的。派克大街上那家医院的医生给我父母看了几张塑料的方形薄片，证明了一切。我们都很失望。即便我的身体并不会因为这个消息而改变什么，但它还是感觉到有些不同，就好像身体中有一部分已经死了；一部分的我被这个消息判了绞刑。

离开医院后我们去了麦迪逊大街上的圣安布鲁斯咖啡店。服务员拿来了意大利冰激淋。但是我吃不下。希望是需要一定时间才会慢慢融化的。

终于，父亲开了口，他说我们曾经幸福快乐过，而且没有什么会因此而改变。我知道他其实也不相信自己说的话，我想大声尖叫。

我穿着一件丝绒运动外套。有个医生说我看起来很优雅。我告诉他我的父母是照着女飞行先锋艾米莉亚·埃尔哈特的名字给我起名的。他没做声,我知道情况不妙。①

我能感觉到圣安布鲁斯咖啡店的每一个人都在看我。我需要上厕所,我的腿感觉很冷。天在下雨。人们进来的时候都会甩一下雨伞。

我家一年四季都住在安普顿海滩边,房子临海。

那儿常常会突然下雨。这个时候,妈妈就会跑上楼来打开我房间的窗户。她会坐在我的床边。我们常常这样。有时我能闻到她手上饭菜的味道。我会努力地吸入她脸上妆容的香味,似乎要撩起妈妈的面纱,看到真正的她。

雨水道出了我们无法说出口的千言万语。古老的雨声令万物生机勃发,雨水从高空落下,很快便无迹可循。

雨后的寂静总是如此躁动。鸟儿站在低处的树枝上啁啾啭鸣,将心愿串成结。我想象着它们的心脏,似乎能在手掌中感受到它们的跳动,就像一粒温热的种子。

---

① 美国第一批女飞行员中的一位,在震惊世界的环球飞行中离奇失踪。

我快要二十七了，可是妈妈还是会在我的房间里摆上鲜花。她把花插在我梳妆台上的一个厚重的花瓶里，花瓶挨着一架 B-24 轰炸机的塑料模型。我的祖父约翰在二战时就乘坐这样的轰炸机。

花香可以在屋内氤氲好几天，好像在等待一个答案。

今晚我要出去约会，这可是家里的特大新闻。他六点会来接我，但我觉得似乎已经和他在一起，似乎已经静静地坐在了他温暖的卡车里。

收音机开着，声音很轻。

我们好像是在萨加波纳克镇，也有可能是南安普顿。海滩边太冷，所以我们就坐在停车场里聊天。

他问我失明是一种什么样的感受。

我说我能够感觉到窗边吹来的柔顺的凉风——却无从了解美丽的玻璃到底是什么样子。

我叫他跟我说说星星的样子，其实我是希望他吻我。

冬天的晚上，这里总是很宁静。

空气中有木头燃烧的烟味，还有海水的气味。金梨咖啡吧里早早地就坐满了退休的银行家和过气的演员们。他们独自坐在窗边，翻看当天的早报。

在大多数人的记忆中，安普顿就是一年到头的夏天。到处都是三明治、笑声、炎热的天气，还有人们遗忘在海滩上的东西。

夏天的时候，我开着窗睡觉。我的身体被夜色含在口中。

在这第二重黑暗中，当世人都进入了梦乡，我的欲望便开始在尘世的上空飞扬。

破晓时，梦想化成泡沫。

这里的夏天充斥着无所事事的人们。海滩上总是人满为患——不过大清早的时候，那里只有孤零零的人和他们的狗。

我从小就常去东安普顿海滩俱乐部。没有人给我引路我也知道方向。我就是在那里学会游泳的。

有的时候，饭店门口的长凳上会有老人面对大海坐着。我从他们跟前走过时他们会变得局促不安。

◆

我古怪的约翰祖父已经九十多岁了。他是在长岛出生的，现在却住在英国的一栋大房子里。我的祖母哈莉特几年前去世了。祖父为他们共同的墓碑写了一首诗：

> 此处长眠：
>
> 哈莉特·布雷和约翰·布雷
>
> 哈莉特·布雷：1920年生于美国康涅狄格州；2003年逝于英国东萨塞克斯郡。
>
> 约翰·布雷：1923年生于美国长岛；20——年逝于英国东萨塞克斯郡。
>
> 在最黑暗的日子，地球把立夏的种子奉为神圣。
> 人的精神啊，是一道光，照亮地球黑暗的最深处。

约翰祖父现在年纪很大了。他说他唯一的心愿就是看到我幸福。战争结束后他成了一个百万富翁。他还见到了查理·卓别林。

———————

从五月到九月，东安普顿的超市里一直都有一股防晒霜的味道，超市周围的停车位也很稀缺。有一次爸爸在给汽车加油的时候，布里奇汉普敦的一个人说要用一百美金来买他的停车位。爸爸说她只需亲他一下，停车位就归她。我妈妈说他应该要那一百美金。

人们也都睡得很晚。周六的夜晚，我躺在床上，常常听到东安普顿和蒙托克之间连续不断的汽车声。

人们这是要去哪儿？

我不知道他们想要追寻什么，又害怕什么？

对于我来说，这两者是一致的，而且都与被爱有关。

———————

这里已经很冷了。

二月很安静，只有风在屋顶缝隙间穿梭的声音。万物皆有音。我们的房子有一阵子听起来就像一片野树林。

周六我比父母起得晚。

我醒来后还会在床上静静地躺着，花瓣掉落的声音我都能听得到。我清醒地躺着,渴望有人能听到我坠落的声音。虽然我的床很安全,但是在半梦半醒间,我的幻想变得如此真实——仅几步之遥——在那个无穷无尽的拐角。

我爸爸慢慢拉开窗帘,让阳光透进来。每一天都是一幅杰作,即便它让你粉身碎骨。阳光洒在我的脸上。我眨了眨眼,但是什么都看不见。

半夜里又下了点雪。今天早上我跟爸爸一起去里弗黑德港口买了点盐和一把新铲子。我跟他一起出去的话,他会很高兴。我们戴着帽子和手套。星期六总是让人感觉充满希望。他有时把我当小女孩对待。我上中学的时候极不喜欢这样,但是现在不再介意了。他没有提我今晚的约会,但我知道这事一直在他的心上。他问我需不需要新衣服。

我在曼哈顿的一个博物馆工作,周五博物馆关门晚,所以我得半夜才能到家。夏天的时候,公车很挤,但是由于我常年坐这种小巴,所以总有座位。司机们都认识我。我的妈妈烤饼干送给他们吃。我一直在想他们是不是一边开车一边吃饼干。有时在下车前,我会想要顺手摸一下司机的座椅,看看有没有饼干屑。

我们从里弗黑德港口回来后,爸爸把盐洒在了台阶上。我听着盐粒敲打冰面的声音,想象着一个脑袋被敲开,里头的想法全都掉了出来。然后爸爸停下了手中的活,他叫我暂时先不要用我的那个专用入口,因为他要换几级台阶。其实我平时根本就很少用它。

那袋盐洒完后,我们进了屋子。我冲了两杯速溶咖啡。然后我们坐在厨房的桌边,外套也没有脱。

妈妈下楼后,爸爸把自己的咖啡给了她,自己又去冲了一杯。这是他们的习惯。他们的习惯还包括周六晚上喝鸡尾酒,还有就是夏天晚睡。

妈妈没怎么多问,只问了今天路上车子多不多。她说楼上的暖气很不稳定。

妈妈问我今晚出去前有没有需要洗的东西。我盼着这个约会快点结束,这样一切就可以回归原样。爸爸担心路况。

他说如果天气恶化我们可以借用他们的路虎。

———◆———

电话铃响起的时候，我们都跳了起来。其实是大卫打来的。爸爸之前给他打了电话，问他能不能过来帮忙砍木头，其实他们只是会聊上几个小时的天，爸爸还可以抽他的烟。

大卫来自苏格兰。他在游轮上做了多年的大厨。后来妈妈请他来做她的兼职司机，但他其实是专为我开车。他跟我爸爸相处得极好。他们同龄，可是大卫显得年轻很多。有时父母不在家的时候，大卫就会过来照看我，他会靠看电视来消磨时光。他的手很小，有一股洋葱的味道。他离婚了，现在有一个爱尔兰女朋友，名叫詹妮特。她住在蒙托克，自己开了一家餐饮公司。

———◆———

昨天的公交车上，有人喷了香水。我能闻出坐在我前面的那个人身上的气味。我们每到一处都会不经意地留下自己的一点痕迹。我在想今晚约会的时候要不要也喷些香水。我夏天穿漂亮裙子的时候常喷香水。每一年，为了参加帕里什艺术博物馆的夏日宴会，我会精选一条裙子，在上面挥霍大量香水。妈妈会带我去萨克斯精品百货店选购。她会向我描述挂着的裙子的款式，这时人们会停下脚步来听。最后，我会抚摸着裙子的材质，心想：这就是我，这就是艾米莉亚。

  我每周五天坐小巴去曼哈顿的当代艺术博物馆上班。大多数的时候，我为盲人策划展览项目。不过有时，我也就是坐在桌边接接电话。

  每个夏天我们都有新的实习生。他们每周五下午会出去吃冰激淋，很晚才回来。他们肆无忌惮地对自己的生活评头论足。我喜欢我的工作。我参与创造出可以供人们触摸的艺术。盲人顾客们每个月都会来一次。有的人会带导盲犬。半盲的则会拄着拐杖，拐杖的另一头是一只很重的小球。有时当我们把艺术品放到他们手中时，他们会咯咯大笑。如果你眼睛看不见，那么金属冰冷的质感是会令人感到相当振奋的——手中突然感受到重量，带来了一种突然的亲近。

我们给导盲犬提供饮用水。水会从它们的嘴里滴回碗中。纸杯里有热茶供应。盲人眼睛直视前方，谈论艺术品的时候小心翼翼，似乎他们的言辞是展品的一部分，似乎感觉本身也会坠落，摔得粉碎。

诗人艾米莉·狄金森说，大自然是一个闹鬼的府邸，而艺术则是一个渴望鬼怪光顾的宅子。这位诗人出生和死去都在同一个房间内。

对于年轻一点的参观者，我们有时会举办派对或开幕式。人们的鞋跟声在展厅内回响。宴会桌搭了起来。寄存外套的队伍又长又慢，你都可以有足够的时间同排在你后面的人坠入爱河。妈妈说我必须去参加这样的活动。爸爸有时会开车进城来接我。很多人结伴离开。他们还有别的安排。他们各自的生活像绳子一般交错在一起。我的父母希望我能在那里交到男朋友。

在上一个博物馆派对中，有人请我跳舞。他是从都柏林来的，浑身烟味。我们跳完一支舞后，一首慢歌响了起来。我等着他领我离开舞池，可是他继续带着我跳。

回家的路上，我坐在车里一言不发。爸爸问我好不好。我记得自己打开了车窗，让全世界灌进来。

大卫有一次问我盲人晚上都梦到些什么。大部分都是声音和心情，我回答说。夜里我会爱上一个声音，然后在失去这个声音的切肤之痛中醒来。有时会有一群人齐声对我说"生日快乐"，那时我就会闭上眼，感受蛋糕的香味，聆听脚在桌子下挪动的声音。有时我醒来会发现自己的身体突然变得很大。我也会梦到位移，还有感官感受：爸爸的船和桅杆的鼾声；安全带粗糙的材质，尼龙搭扣上的开口；洒在我腿上的阳光；无边无际的水域，让人难以想象。

当我惧怕自己不愿承认的东西时，我就会做梦。

有一场噩梦多年以来反复出现，那是一场寂静的梦。在梦中我独自一人——但我能听到周围的人安静地走过。无论我多么歇斯底里地叫喊、挥动手臂——我都无法触碰到任何人。

还有几周就是我生日了。大多数人都觉得我看起来比实际年龄小。

大约六年前的一个夏天，我刚满二十一岁，爸爸为我建造了一个直接通向我卧室的入口。妈妈觉得这是在发疯。爸爸花了几个月的时间敲敲打打。只有当他去萨格海港的五金店买关键部件时我们才可安静片刻。完工的时候，我们站在外面。天气很热，爸爸喝着啤酒。然后我们爬上台阶，走进了一扇大门。那里原来是我壁橱所在的位置。感觉上很像《纳尼亚传奇》里的门，不过方向反了一下。

他说这么做的目的，是为了免去我的客人同他们二老寒暄的必要，但我常常只是在父母开派对到深夜时才在上面坐坐。无论上楼还是下楼，我都没有超过第三级台阶。

我曾经谈过一场恋爱。

他叫菲利普。我们是在蒙托克一个船坞旁的长椅上相遇的。那天我的一个从不热络的高中同学邀请我去参加生日早餐会。妈妈说我去玩玩也好。后来到场的人寥寥无几，早餐会很快就结束了。其实真正的派对前一天晚上就在海滩上举

办过了,那些人到第二天还是醉醺醺的。

大卫应该来接我的,可是夏天车多,他又被堵在了路上。然后,有个人坐在了我的身边。我能感觉到他在看我,但是没有说话。

----◆----

小巴上曾经有一个女人说我长得很美。我很感激她这么说,因为我永远也无法看到自己的脸。而且,我就不害臊地承认吧——随着年龄增大,我越来越渴望被人抚摸。去年夏天我在谢尔特岛上参加一个派对时,有点喝醉了,我对妈妈说我想多多拥抱别人,也想得到别人更多的拥抱。妈妈说:"哦,艾米莉亚。"

回家的路上她一言不发。我坐在我的专用入口的台阶上哭泣。第二天早上我恢复了过来。爸爸一定听说了什么,因为他一路开车到南安普顿,买来了新鲜的羊角面包当早餐。

----◆----

小的时候,可能是十五岁左右,我幻想着会有一个男孩子随着海浪冲上我家门前的沙滩。我则静静地久坐,聆听大

海的声音。

我得到当代艺术博物馆的那份工作时,父母担心我每天进城会太远。我的失明会令很多事情都变得复杂起来。起先,总会有一辆出租车到雷克辛顿街的巴士站接我,六个月后,当代艺术博物馆特殊展览的负责人知道了此事,叫我找实习生帮忙。

接我的出租车费是约翰祖父付的。他还付钱给大卫——我没赶上小巴的时候他就会开车送我进城(大约一周一次)。

很长一段时间,没有人知道约翰祖父在哪里。

他的 B-24 "解放者" 轰炸机在法国的上空消失了。那年是一九四四年。

我的祖母哈莉特收到一封电报,然后她开车去了约翰的父母经营的饭店。他们一起在饭店后面坐下,喝起了杜松子酒。

几个月都杳无音信,有不少人开始找我祖母约会了。

他们开着光鲜的车子在她家门口排起了长队。

他们穿无袖的背心,头发修得很短。

哈莉特跟他们去跳舞，但她总是赶着回家，抱着约翰的手绢睡觉。

她一遍一遍读他的信。

她看他画的那些植物，然后查出它们的拉丁文名字。

诺曼底登陆后战争的局势更严峻了。

每个夜晚，欧洲的上空都被战火和战斗机照得透亮。窗帘上闪现光亮时，人们会从床上坐起。

盟军还在进攻。伤亡惨重。每一天，哈莉特家附近的街区总有某户人家失去一个儿子，或是一个丈夫、一个兄弟。

她还记得在罗德与泰勒百货公司门口亲吻约翰；记得他们在堂姐玛贝尔的婚礼上跳舞——约翰抱着她的感觉就好像被初次拥抱。她记得他们沿着日落大道开车去蒙托克；记得他们踩在岩石上，海浪翻滚；记得他们对未来的许诺。她心里明白，只要能在一起，别的都不重要。

———◆———

她计划战争结束后去欧洲找回他的遗体。她觉得自己一定能找到它们。

直到一天早晨，有人送来了一封电报。

邮戳是英国的哈灵顿。

她打开电报，然后穿着拖鞋就跑出了屋子。她兴奋得几乎无法开车。人们以为她喝醉了，不停地摇头。

她到达约翰父母的饭店时，甚至都没顾得上熄火和关车门。

她冲着坐满人的饭店大声读出电报上的内容，约翰的父亲跌坐了下来。

西联国际汇款公司
寄自英国，北安普顿郡，哈灵顿 NBJ37 国际88/1144，D-485
纽约，伍德米尔，拉斐特9号，哈莉特·布雷女士　收
亲爱的哈莉特， 　　我刚在欧洲大陆上结束了最精彩的假期。 爱你的，约翰

他在战争结束前回到了家里，可是，他没有别人帮忙的话就站不起身。

两年后，约翰康复了。他在英国皇家空军的一个朋友请他去英国做工程师。

哈莉特从没离开过美国东海岸，但是英国人敞开双臂热忱地欢迎了他们。几个月后，约翰写信回家，请他的父母帮忙将他的储蓄电汇给他，因为他想投资买一些可以使飞机更轻更坚固的材料。

妈妈说约翰祖父本可以成为全英国最富有的人之一，可是他把大部分财产都捐出去了——只留着能让自己的生活舒适的那一小部分。

我想约翰祖父或多或少觉得他对我的失明负有责任，因为这似乎是他曾经许愿会发生在他自己身上的事。战争期间他曾住院多时，没人知道他被击落后看到了什么，经历了什么——就连我的祖母也不知道。

他的解释就只是电报上的那一句话，再无其他。

我记得第一次去伦敦看望他和祖母时，妈妈特地为我、祖父，还有她自己订了一顿特别的午餐。下午我们还会去战争博物馆参观坦克和战机。

我们住在克拉里奇酒店——约翰祖父请客。我记得我穿得漂漂亮亮地坐在床上等待出发。妈妈在吹干她的头发。她说祖父以前从不晚点。过了好久，电话铃响了。是祖母打来的。她说约翰祖父把自己锁在卧室里，不肯出来。

但是后面的几年我们都尽力为之前的这段离别做弥补。我们常常在海滩上散步；祖父给我讲睡前故事，故事很长，我总是在听到结尾前就进入梦乡；我们还一起照着家传的秘方烧制鸡胸肉。

他还教会了我跳舞。他以前常和祖母跳舞，哪怕没有背景音乐。战争期间，美军士兵常常带当地的英国女孩去跳舞。他们有的因此坠入爱河，有的仅仅以此来消磨时间。约翰祖父待在他的铺位里，给哈莉特祖母写信。他甚至还在轰炸机上的座椅下放了一张纸和一支笔，这样在飞回基地的途中也许还能找机会写点什么。

我的名字是照着一个先锋飞行员的名字起的。我上一次提到这事的时候正坐在蒙托克的一条长凳上。那是个炎热的夏天。我们坐在戈斯曼码头。那里人很多。我刚参加完一个生日早餐会。小孩子在啼哭，酒吧里洋溢着阵阵笑声。

菲利普一开始很腼腆。我叫他帮我留意一辆蓝色的越野车。我跟他说我爸爸的朋友会来接我。

夏天的车辆一定格外多，因为我们说了很长时间的话。有时我怀疑那时大卫也许只是坐在车里看着我们。

菲利普为我描述了一个渔民的生活。他说他在船上捕到的大部分鱼都会卖给曼哈顿的饭店。他说他过生活不容易，但是这就是他的生存方式。我问他是否会为那些鱼感到难过，他哈哈大笑，然后给了我一个深思熟虑的回答。

他似乎很聪明。我不知道他是否会和我一起躺在长凳上，为我朗诵诗歌。我试着回忆伊丽莎白·毕肖普的一首关于鱼的诗歌，但是只背出了一半。

他问我有没有看过捕鱼，然后迅速地道了歉。我没有介意，我说我用自己的方式来看世界。我看到我的父母、我的花园、我的卧室、我挂在墙上的东西，甚至爸爸的船，甚至大海，甚至捕鱼的过程。

他又问了我一些关于失明的事情，但我想不出什么可说的了。这时，有一对夫妻请我们帮他们拍照。

那天我穿了一条"公主娜娜"牌子的裙子，脚上踩着一双凉鞋。那对夫妻离开后,菲利普说我的肩膀很美。我渴望他能抚摸我的肩膀,我的心像个钟摆,在渴望与害怕间摇摆不定。

大卫到的时候,菲利普又变得腼腆起来。我们都站在那里。

然后大卫和我又同时开口说话,我厚着脸皮把我的电话号码告诉了菲利普。大卫说他可以把号码写下来,可是我们都没带笔。

在回爱得威的路上,我无法掩饰自己的情绪。我体内似乎有一部分东西炸了开来,我没有受伤,而是得到了解脱。大卫把车上所有的窗户都打开了。他和着音乐的节拍击打手指,我能听到他的表带敲在车门上的声音。我跟他说他可以抽烟。

但是菲利普一直没给我打电话,接下来的几个月对我来说很难熬。我并不是没有喜欢的人——而是我意识到自己从来没有拥有过一个人。

我小时候害怕大海。我听人说这种害怕是终生的,我很担心。我不知道为什么我的父母会选择住在世界的首尾交界处。

夏天的时候,我坐着爸爸的小游艇出海。有时爸爸会让我掌舵。他的视线离开《纽约时报》,对我大叫:"艾米莉亚,向左一点!向右一点!向左一点!现在绕过这座冰山!"

失明不是你所想象的那样。并不是闭上眼睛再使劲地看东西。我不觉得自己有残缺。我通过别人的言语,以及他们的举动和呼吸来认识他们。

我们在上东区有一套公寓,平时很少用。其实这房子是留给约翰祖父来看我们的时候住的。它离麦迪逊大街上的圣安布鲁斯咖啡店很近——我们得知我将永久性失明后就是去了那个地方。

约翰祖父是在美国长岛的一家饭店长大的,他现在上了年纪,却觉得很难离开英国。

我妈妈是在英国长大的,带着英式口音。她很小的时候，约翰祖父早上会被自己的尖叫声惊醒。后来，哈莉特祖母督促他每周去一次村会议厅，和其他的二战老兵一起喝喝茶。他养成了这个习惯，直到那里只剩下他一个人。妈妈说他们在那里聊了些什么她不得而知，但是他的确是发生了改变，他常常出来活动了，他会穿着西装和她一起在花园里挖土豆，还会躺在泥土里学猪叫。

我的祖父母深爱彼此。我不知道他们为什么只生了一个孩子。

我的第一次发生在海滩上，那天是我父母的结婚纪念日，派对开到很晚，人们三三两两地站在阳台上聊天。我那时二十岁。他的名字是胡里奥。他那天跟他妈妈一起从城里过来参加这个派对。我们很小的时候就认识了，那时他家在我家附近长年租着一栋房子，只隔了几扇门的距离。爱得威那时人很少。我家这条街上一共才三栋房子。

那时胡里奥的妈妈常来我家，她和我妈妈一起坐在甲板上喝酒。胡里奥就和我一起玩，一玩就是几个小时。我的父母一直都喜欢边饮酒边聊天。

我十几岁的时候,有一天,父母让我坐在他们的中间,然后把他们的婚礼相册搁在我的腿上。他们是在八十年代某一年的一月结婚的。他们去东京度蜜月,却在京都逗留了很久——我爸爸说人们在京都也能看到古代中国的历史。他们慢慢地翻页。我能听到他们的手指在塑料纸页上翻动的声音。

"这张照片上你爸爸正在吃第一块结婚蛋糕。"

"是她喂我的,"爸爸说,"我当时难为情极了,但是后来我感到很开心。"

"为什么?"妈妈想知道原因。

"因为我明白这双手现在属于我啦!"

"属于你的手!"妈妈大笑,"你真是疯了!"

我觉得如果人们都能更坦白一些,他们一定会更幸福。从某种意义上说,我们都被某段记忆、或者说是某种恐惧、失望禁锢——我们都被自己无力改变的事物所束缚。

———————

父母的结婚纪念派对结束后,我把我的童贞献给了胡里奥,这真是太棒了。他有女朋友——但是有时你不得不打破规矩,因为世间并无完美之事。

很多年前，胡里奥住在我家附近，他那时曾教我玩滑板。滑板向前滑行的时候他抓着我的手。然后，我一边大笑却一边打定了主意，带着滑板爬上了小山顶。胡里奥吓坏了，但我一点也不担心，因为我对这条路很熟，有车的话我听得到。我记得滑轮撞开小石子发出的声音。可我又怎么会料到邻居的男朋友从城里到这儿来过逾越节，而他的车恰恰就停在了这条路上？

那天晚上我是在东安普顿医院过的。

医生说我运气不错。爸爸对他说："这是你们做医生的口头禅。"医生咯咯笑了起来。然后妈妈问这间急救室是不是玛丽莲·梦露用的那间。

过了一会儿胡里奥跟他的妈妈一起赶来了。他带了花来。花朵在他的怀里，就像夏天一般。

我对他说他不用带花来的——我还没死呢。但是他笑不出来。大家都劝他放松点儿。

家长们离开以后，只剩我跟胡里奥两个人，他哭了很久。他说他的父母要离婚了。三个月后他们搬走了，胡里奥搬去了布鲁克林的帕克斯卢普。我们后来只有在我父母的结婚纪念日才会见面,但是我们的友谊已经因为过去的经历而有了基础。

———— ◆ ————

我今晚的约会缘由是上周在小巴上发生的一件事。

那天路上车很多。我们的车缓缓前行。我可以通过弯道的长度和路上的颠簸判断出我们开到哪一站了。

如果有阳光照入小巴车厢,我就会戴上太阳镜,也会感到有些睡意。我的眼皮会慢慢耷拉下来。睡着的过程就像在结冰的湖面上行走。冰面越来越薄,冷不丁冰面裂开,你便跌了下去。

当有人在我身旁坐下时,我醒了过来。

"你好。"一个声音说。

是一个年轻女孩的声音。在小巴驶上长岛高速公路前,她已经告诉了我她是要去机场同她父亲见第一面。

我微笑着巧妙地告诉她我也从没见过我的父亲。

她摸了摸我的手,并没有发现我是个盲人。

"没关系的,"她说,"他能感觉到你。"

那一瞬间，我想到了出海的菲利普。

我思念了他那么久，去年夏天我多少次想象着他跟我们一起坐在爸爸的船上。

我似乎能够感觉到他乘风破浪，船上载有满满一网的鱼。

后方的码头上传来铲车的轰鸣声。

那天早上我到办公室后给大卫打了个电话。一开始他不记得我说的这个人了。然后我提了那天他去蒙托克的戈斯曼码头接我的事。他问我知不知道菲利普姓什么。

那天晚上坐大巴回家的时候，大卫给我打了电话。他说他没找到什么线索——但是詹妮特会四下打听的。我谢过了他，只是感觉心灰意冷。挂电话前，大卫说如果詹妮特什么都打听不到，他就会同她绝交。

第二天上班开会的时候，我被叫出去接了个电话。

他好不容易才交代清楚，因为有很多话要说。

他说当天早上他们靠岸的时候有个爱尔兰女人在等他——他们那天收工早，因为航道结冰了。

他说他把我的电话号码给忘了，但最近一直在找我——他错给古根海姆博物馆打去了电话，周末的时候甚至还在夜总会转悠，观察跳舞的人。没有人认识我，他说。

他说自从我们去年在戈斯曼码头的长凳上相遇后,他母亲的身体就一直很不好。

我问她现在怎么样。他说她过世了。

长时间的沉默。这意味着我们要再一次见面了。

———

我回到会议室时,实习生们正在翻阅几百张二战时期的照片,这些照片将用于日后的一次展览,它们曾属于在欧洲战场被杀害或失踪的美国士兵们。他们把照片保存在皮夹里。他们一边看着这些照片一边写家信,死去的时候也许手里还紧紧握着它们。

我想到了约翰祖父。

现在是英国的傍晚时分。他在玻璃房里。天下着雨。他在玻璃上轻轻地敲着节拍。祖母的舞步让他活了下来。对祖母舞步的回忆支撑他活到了现在。

他给植物浇水。

唱片机上放着古典音乐。

打仗时,他曾举着枪对准了某个人的嘴。那个人试图尖叫。他的嘴唇被枪管顶破。恐惧和愤怒的泪水流了下来。

约翰
法国
1944年

I.

约翰·布雷在夜空中静静地坠落，他的身体前所未有的渺小，他的生活也变得四分五裂、毫无意义。

猛烈的撞击使得约翰将惊恐当成了死亡本身。机舱里充满了烟雾和冰冷的空气。这架 B-24 轰炸机头朝下坠落。他用妻子名字的音节组成了一长串阶梯。每一级阶梯都向她靠近一步，却离上帝远了一步。在跳机的前一刻，他感到自己的腿着了火。紧接着的是突如其来的冰凉和黑暗，他知道自己脱离了危险。他扯开安全带，没时间数数了，他伸手狂拉一气。

领航员在断气之前还能够帮约翰把降落伞包打开，然后自己坠落在地上，眼冒金星，再也无法动弹。其他战友们有的成了俘虏，有的在着陆不久后因伤而死。

约翰的降落伞张开后剧烈地摇晃,他有一刻担心自己还和飞机相连。他环顾四周,空无一物。他用力拉拽降落伞的绳索,直到双手发麻。他呼吸急促,肺部冻出了血。一只脚伤势严重。他的心脏剧烈地跳动,似乎就要落进他的靴子里。

他嘴里不停地念着哈莉特这个名字,念了很久很久,直到变成习惯。猛烈的撞击令这个名字和记忆脱节,成了一串无意义的古怪音节。

他知道敌人会找到机翼、机身、电线、机尾、火苗。

他也许再也见不到哈莉特了。他们结了婚,但是还没有以夫妻的名义在一起生活过。他也许再也回不到小时候长大的那个饭店,回到他打棒球和骑自行车的那条街。他也许再也见不到他的狗,再也无法抱着它上楼。他再也无法在夏天的晚上同他趿拉着拖鞋的新婚妻子一起出去买冰激淋,再也不能去邮局排队、跟人借车。他再也无法在康尼岛的木栈道上散步。那些未来生活的美好场景:同哈莉特一起生活;同她在罗德与泰勒百货店吃饭、亲吻;在皇宫酒店跳舞,幸福得晕头转向……都将在揭幕前就烟消云散。

此时此刻他的生命在一片黑暗和空茫中,在比利时和法国的上空飘荡。

身处何方已经无所谓了。

从此刻起,他的一切际遇,都只是一个加演的节目罢了。

约翰
长岛
1939年

II.

饭店里坐着一大桌一大桌的人。空气里裹着烟圈和笑声。外面停着普利茅斯、帕卡德、福特,它们肥肥的肚囊里坐着衣着光鲜的人物。

约翰在洗碗。他妈妈站在远处跟客人道别。订座簿上紧凑的时刻表。糖浆的气味。白色盘子上顽固的蛋黄渍。没有吃的面包皮。桌子下的叉子。满满的烟灰缸。某人落下的一件大衣。

约翰从椅背上把大衣提起。

大衣的主人马上就会回来,他(她)的双手冰冷,等在门口的车敞着车门。

大衣很长,束着一根皮带。质地柔软,散发着一股沁人心脾的香味。香味把约翰的身体都填满了,领口处尤为馥郁。大衣是羊毛的，上面还有几根打卷的蜂蜜色头发。

约翰把大衣拿到员工室，将自己的脸埋在了衣服里。他将大衣举起，估摸着她的身高。衣领下的一个名牌露了出来，拼写着她的名字。这个小牌子像一根静脉，在他的手指间有规律地跳着。

———◆———

哈莉特起先并没把约翰当一回事。他比她小三岁，对她百依百顺。但是珍珠港事件发生后，她想到如果他上了战场，那她自己的生活会变成什么样。

她终于敞开了紧闭的心扉，在去蒙托克游玩的那一天向他提出了结婚。这是两人都渴望的结果。天空湛蓝无云。吃完午餐他们一起看海鸥、渔船。船头边白色泡沫上下翻腾。

在大洋的另一边，欧洲正处在战火纷飞中。

———◆———

约翰觉得基本训练很困难。离开哈莉特也叫人难过。他们要求的很多事他都做不到。他被告知他得杀人——想回家必须穿过遍野横尸。约翰看得出其他人大都做好了准备，这令他稍稍安了点心，他觉得自己总有一天也会如此。

星期天他骑自行车去基地附近的乡村，随身带着一本绘图册和几支铅笔。他把自己画的植物随信寄给哈莉特，但从不在信上签名。晚上他穿戴整齐，去镇上听音乐。有时他的长官会认出他来，在交响乐队里冲他挥手。

他和其他人一起打牌、抽烟，很晚睡觉。他给他们看哈莉特在康尼岛的照片，自己每天上床前也都会看一会儿。他从不觉得孤独，在步枪训练时如果他的枪卡住了，也总会得到别人的帮助。

约翰在家的时候也很受喜爱。他的家人二十四年来一直经营着一家饭店。他放学后就在那里帮忙，赚点小费。他通过这份工作听闻了形形色色的事。花园城来的飞行员们会在回曼哈顿的途中在这里驻足。还有人特地开几公里的车，就是为了一品他妈妈做的鸡胸肉。

约翰唯一的那次打架发生在高中，他被人推倒在地。他喜欢做的事是在乐队吹单簧管，收集邮票，并把它们保存在鞋盒里。

他的父母都不善言辞。在经济大萧条时期，常常有陌生的人进来，一声不吭地狼吞虎咽。拿到账单后，他们的反应都是一样的：父亲在口袋里摸索一通，可是钱包总是掉了、丢了，甚至是被留在了教堂的座位上。

约翰的父母总是这么回答他们："那就下次吧。"他们明白整个国家都是如此境地，并且说好绝不在孩子们的面前让别人难堪。

大萧条过后的几年里，约翰记得他的父亲不时把他叫到柜台，和他一起归挡当天的信件。有时信封里会有信，有一次甚至是一张一大家孩子站在房子前的合照，但大部分时间里面只有支票，写着那些饭菜的花销，一分不少。支票对折，没有回信的地址。

约翰的父亲工作很勤奋，他妻子说的每一句话他都言听计从，即便他不同意。他从不提高嗓门说话，喜欢去米切尔·菲尔德空军基地看飞机降落。

约翰童年最糟糕的事要数他的表姐琼得小儿麻痹症了。一天早晨她被带走，一年后她回来的时候，身体已经像个老太婆了。

约翰
法国
1944年

III.

火光在咫尺之遥乍现。枪械噼啪作响。约翰不知道他们的 B-24 轰炸机落在了哪里。子弹撞击的闪光。他想到他的战友们，并试图回忆他们的妻子或老母亲。他想象着若干年后此地满目疮痍，一个农民走在这遍地的金属碎片上。这个农民将这些烧焦扭曲的碎片拾到桶里，它们比当年的每一个人都活得长久。

他想起自己的手枪和钱包都留在了领航员的座椅下。如果哈莉特知道此事，她肯定会转转眼珠说："真是典型的约翰风格。"

他看到了一块黑色的地皮，看来快要着陆了。他来不及防备就跌落在地，受伤的脚也失去了知觉。地面比他训练时的要柔软一些，看来欧洲大陆比较潮湿。

约翰收起他的降落伞伞盖,想找个地方把它藏起来。天空中露出朝霞。

远处突然出现了人影,正在慢慢靠近。约翰丢下了降落伞就跑。他的身体疼得像是有叉子戳了进去,一部分已经失去了知觉,只能被拖拽着跟着整个躯体前进。他来到前方,那里有着稠密、死寂、古老的阴影。

他想象自己正向着前方的树林跑去,树林里有哈莉特的羊毛大衣。大衣上黏着落叶,出现了一只手,然后是手臂、肩膀,悄无声息地伸向她的脖颈。他要摸到她的衣领,然后把自己的生命一针一线地缝在她衣领下的姓名牌上。

地上铺了一层厚厚的落叶。如果他能挖个洞,也许可以逃脱此劫。他必须死而复生。他会宣布他所爱的人的名字,然后吟诵《圣经》、《可兰经》、《犹太法典》。他用生命的全部来维护这个名字,就像大海中的一个泡沫。

哈莉特是一个年轻的妻子。她一动不动地躺在床上,身上罩着毯子。

月光洒在她的床和座椅上。

窗外万籁俱寂，令人难以忍受。

她想象不到此时的约翰正将泥巴塞进自己的嘴里，这样他就不会因为打喷嚏或咳嗽发声而丧命；她也感受不到他脚骨碎裂的剧痛。

她轻轻地走下楼，生了一堆大火。

她的父亲被火苗的爆裂声吵醒。他抓起睡袍就冲出卧室。房子被他女儿生的火照得暖烘烘的。但是他在楼梯上止住了脚步，火苗投在墙上的光亮，他的孩子恸哭的身影让他恍惚。

他的脑海中浮现出别国战场上的画面。战火熊熊燃烧，撕心裂肺的哭声此起彼伏。他似乎能在嘴里舔到硝烟的味道。

他就这么站在那里，一动不动，他的心为那些在战场上死去的人们敞开。他们戴着头盔，双眼依旧睁着，似乎还在望着什么。

爱也是一种暴力，而且无法挽回。

雨果先生
英国，曼彻斯特
2010年

I.

一九四八年，尖叫着在巴黎的一家医院里醒来。

很快——被送入了另一间病房。那里的人可以下床走动。玩游戏。凝视窗外。躺在地上。

我学习通过观察别人来弄清情况。

我必须靠观察，因为我什么都听不懂。

我等着吃饭。我等着夜幕降临。

夜幕降临了。

我等着天亮。

第一道霞光。

天亮了。

我不停地摸我头上的那个大坑。我想知道发生了什么，但什么都听不明白。我不说话，只是把一切都看在眼里。

我点头。不管什么我都点头。

我很害怕,也无处可去。我不知道外面的世界什么样。我不知道自己从哪里来。

后来我被带进了医院的花园。风的感觉让我欣喜万分。我想一个人待着,看人们来来往往。医院外头有那么多人。真是难以置信。我以为就只有我们这些人。

过了好几年。我开始听懂了他们的话。反反复复就是那么几个音节。我习惯了它们的发音。我也开始学着说,学着用这些音节。

我开始说话了,并且可以听懂一些。

巴黎七年前解放了,他们说。

每个人都有故事。我们的护士是个孤儿,她的父亲被折磨致死。

我的脸被击中了,他们说,并给我看了杂志上我的照片。

> 不知名的
> 巴黎人
> 继续
> 同死亡抗争!

岁月的海浪将一切冲上沙滩，留下了过去的点点滴滴。

我想起了那些被我杀害的人的脸，但什么都没说。你得明白我是那些人中的一个：不共戴天之徒。

我想起了那些灰色的袖管。似乎还能感觉到步枪的分量。晚上头盔变得很凉。房子都着了火。火焰盖过了哭喊声。我平静地看着一个男人捧起自己孩子的残躯，如此温柔，就像孩子睡着了一般。

我想起小时候的一些事。

有一个男人，手里握着绳子。我的嘴唇抵着滚烫的汤，然后汤碗落在了厨房的地板上。汤汁流入了地板的缝隙。汤碗的碎片就像牙齿一般。

也许是父亲。

———— ❧ ————

另一段记忆里有一扇打开的门。泥土的气息。纤柔的脚，湿湿的。外面有个女人。一扇打开的门。泥土。外面有个女人。埋葬。找到她，我对自己说，找到她。但那是一个梦。

也许是母亲。

我花了好几年的时间才再次开口说话。我的法语不太好,但是能说话就已是奇迹。

那里的生活并不容易,但也不是很糟。其他的病人陪伴着我,还有很多来来往往的人。有的人喜欢说话。有的人躺在地上不愿起来。有的人用头撞墙,撞出了血。护士跑过来。好不容易把他按住。打了一针。睡着后被带走。

有一天,他们说我得走了。我整理了一个包,里面是我的衣服、鞋子,还有肥皂。我的名字写在了箱子上(以防万一)。

我坐车去了巴黎北站。我在巴黎北站坐着。在巴黎北站睡觉。在巴黎北站遭人打。

我从垃圾箱里捡那些硬得像石头的面包,喝自来水龙头里的水。大多数的时候我就这么坐着,看着。火车时刻表时不时地翻页。哪怕在夜里,漆黑一片的时候,字母落下来的声音也像鼓掌一般。

我盖着报纸睡觉。躲在别人的故事里。

夜里,我看着远处的小光源慢慢变成明亮的大眼睛。火车开来了。然后到了夏天,游客变得很多,警察就赶我们走。那时我就得到外头去,睡在马路上。再也没有字母的鼓掌声了。我没有挨打。也没有了潮湿的站台或明亮的大眼睛。

住在外头还不赖。像我这样的人有很多。天空开阔。呼吸自由,我是这么觉得的。

我常常看河。真像一条有力的筋脉。河面上总是有很多小船起起伏伏,船里飘出音乐。人们在船上跳舞。除了急匆匆的脚步声,别的什么也听不到。夜晚的时候我看不清河面,但是可以听到它的声音。恋人们沿着河岸散步。有节奏的脚步声。河面上灯光的倒影连成一线,摇摇曳曳。

当然,还有笑声。晚睡的孩子们尽情玩耍,指着四面八方,对着他们的父母叫喊,然后跑开,不是跑去远处,而是跑向欢乐的更深处;没有恐惧。

———◆———

当然,一直有人盯着我看。情有可原。谁能责备他们呢?我的半个脑袋不见了。从一侧看,我一切正常,同过去一样,只是没了回忆。然后我,雨果先生,将头转向另一侧,人们便惊愕得合不拢嘴。他们因为缺少的那一块而感到害怕。从正面看我的眼睛没问题,我的脖子也还好——接着突然间半个头颅不见了,哦,我说过我只有一只耳朵吗?

我不介意整天坐着。我的身体发麻,但是环境很安静。我等待黑夜。黑夜降临了。我努力取暖。霞光的温暖带给我宽慰。我看着一天徐徐展开,阳光倾斜的时候我便又沉沉睡去。

任何一个绝望或孤身的人都明白,例行公事般的活法会令人感到舒心。

我常去那些长凳、林荫道。巴黎圣母院。在电影院睡觉,如果不被抓到的话,是很安全的。如果人多,公园也很安全。有一个我们都知道的公园,那里有一个小男孩,他爸爸是面包师,他常常跑来(也许是个小偷),带着一袋羊角面包、巧克力圆包、长棍面包、蛋挞,各式各样他能带来的东西。我们狼吞虎咽地吃着。他总是多给我一些,而且不在乎我脑袋上的伤疤。我们都吃得飞快——尽管牙齿疼得厉害。

我喜欢那儿的早晨。我感觉很轻松。我甚至抬起头——望着上帝。我轻轻地对他说话。我感觉到他在听。我迷路了，我告诉他说。他知道。事发的时候，他在。

我开始拜访每一座教堂。我在彩绘玻璃下卑微地弯着腰，我沉浸在人类的故事中。彩绘玻璃上画的人有小而有神的双眼。有时会有牧师过来，他坐在我的身边，跟我谈话，还握着我的手。感觉很好。我在想上帝的手是不是也握着我们大家的手，还是我们的手都握着他的手。我想起来了，阁楼上的那些书。小小的手。不被允许，但它们还是偷偷地打开那些盒子。一箱箱的书，一只只的箱子。然后我又想起了那个带早餐到公园来给我们吃的孩子。我想向牧师吹嘘一番。我很骄傲自己认识这样的人。他认识上帝，但我也认识一个这样的人。一个孩子，有着拯救我们的力量。

河边总有人。夏天的时候我们就在那里待个通宵。有的人脸红红的，站起身来的时候摇摇晃晃。有人给我酒和烟。但是我在医院的时候不能喝酒，也不能吸烟，所以我不会。坐在桥的下面可是个明智的选择。那里有很多庇荫处，远离人群。那里的夏天很凉快，我的后背抵着凉爽的石头。我不介意自己一个人。我什么都看在眼里。我用耳朵听。我睡觉。即便永远醒不过来也无所谓。

一次我在艺术桥下睡了一晚。之前那家医院的一个医生带着孩子出来，看到了我（当然是认出了我的脑袋）。她很惊讶自己竟然又见到了雨果先生。

她开车把我带回医院。那里有很多人对我指指点点，说话的音量也提高了些。

第二天院长来了。他说他需要一个勤杂工。我可以住在医院阁楼旁的一个地方。这是一个完美的解决方式，他说，他还给了我一些钱，让我去买新的衣服、肥皂、梳子，甚至还有鞋带。我住在病房的楼上，那里在一八九〇年被封闭了起来。有很多空屋子。大多都锁着门。

我那时好像三十来岁，还很年轻，对我的未来还抱有不切实际的幻想。

我没事的时候就去公园，有时会认出些熟人——我很乐意同他们分享我的午餐，我是自愿的，还特地多带了一些。

我常去图书馆。我那时已经会看书了。我看很多书。我喜欢诗歌。我看用法语写的诗。我也学了点英语。这真是一种解脱。我得说我也懂德语，那些音节就在我的脑子里，我在街上听到有人说德语的时候，这些音节就像快破壳的鸡蛋一样蠢蠢欲动。这些音节曾属于我，但是我已经没有了对它们的回忆。我听到这些音节的时候感到害怕，甚至还感到耻辱。我大便突然失禁了,赶紧回家。我坐在臭味中。我惩罚自己,强迫自己坐在臭味中。我是那些人中的一个,记住——那些人中的一个:不共戴天之徒。

话说回来,我做勤杂工,每天五点起床。我透过窗玻璃能够模模糊糊地看到外头新鲜事物的轮廓——一个从昨日记忆中被崭新描绘的新世界。

我六点开始工作。我穿着蓝色的工装裤,随身带一把沉重的钥匙。我用这把钥匙打开放着拖把、刷子和别的简易工具的柜子。柜子里还住着一些小虫,但是它们比我先入住,所以我尽量不去打搅它们。

我与住院的人聊天。他们并不都是笨蛋或罪犯;他们中也有聪明的人,一些有工作、有家人的受人尊敬的男男女女。他们的家人会来看望他们,然后默默地流泪。

病人来来往往。有些人逃走了,丢弃了他们的肉身。我以为自己也会死在这里,我想要这样,尤其是在晚上的时候。

好多年过去了,我还活着呢,活在这页书和你的眼睛之间。成了别人故事的一部分。

———◆———

过了十九年，医院关门了。老院长来看我。那时他已经成了一个鳏夫，而且快要退休了。他的孩子们都长大了。我不得不说我们有些依依不舍。

他帮我打了几通电话。"我会帮你安排好的。"他说。英国曼彻斯特皇家医院有一个勤杂工的空缺。"一样的活儿，"他说，"甚至还有发展的空间。"

他开车把我送到了英格兰。

一路花了两天的时间。中间我们得在一家小旅馆里挤上一夜。

他跟我说了他的妻子。他哭了。我把整个故事听完。我透过车窗观察着一切。到达目的地后，他帮我找了个住的地方。

我花了几个月的时间才办好了护照。

办事处的人说我这人不存在。他们手上只有我的住院登记这么一份文件，上面写着一个身份不明的男性，被步枪打中了头部。他们打电话给以前在医院工作的人询问。但是当时有那么多伤员,而且大部分后来都死了。

只有一个曾在厨房工作过的老太太说她还依稀记得我。"他被丢在街上,奄奄一息,"她说,"没有任何身份证件,衣服破破烂烂,口袋里只有一本维克多·雨果的小说。是住院部的医生出的主意,给他起了这个名字。"他们没想到我能活下来。

我得和院长一起去护照登记处。我这颗残缺的脑袋还得让他们看一下。

他们停下了手中的工作。

"他是一个战争的受害者,"他解释道,"不知道姓氏,不知道名字,"他说,"必须破格一次。"

的确是破了格。护照:维克多·雨果。生于一九二二年,巴黎。护照号:88140175。

英国的街道很暗,灰灰的。听不太懂人们说的话。

总是下雨!

我学会了上床前先洗热水澡。

我离开巴黎之后的几十年内,发生了三件大事:

1. 我参加了一个诗歌小组,每月活动一次。
2. 我跟在隔壁住了几年的小男孩成了好朋友。
3. 我搭了一个花房,用来种番茄。

有一天他们说我必须退休了。为什么?我问。

他们都笑了。告诉我该是颐养天年的时候了。他们为我开了一个小派对。不认识我的人也喝醉了酒。我坐下来。我静静地观察,静静地聆听。我在想上帝能否看到这一切。

我那时的英语说得很好了。但有人还是会盯着我看,还是会同情我,还是会感到害怕,有时还是会朝我吐口水。

生活还在上演……继续把我咬在牙间,拖着前行。

上个月,有个男人来我家找我。一开始我不给他开门。后来他告诉我他在英国广播电台工作。我想自己是不是电视

看多了。"我有一个朋友在美国，"他说，"托我给一位叫雨果先生的老邻居送封信。"

这是我一直以来都不敢希冀的事。有时我都觉得他根本就是我想象出来的。

他叫我读信，并且考虑一下信上的内容。他说他几周后会再来，如果我愿意的话他就帮我安排。他让我想想我接下来几年的生活。他问我是否会觉得孤独。（对此我哈哈大笑。）

他说加利福尼亚一直阳光灿烂。他说丹尼现在是个著名导演了，他的电影在全球上映。"在那里生活会很不错，"他说，"那里的养老院甚至还有游泳池和小花园。"

我请他留下来吃晚饭，给他做了炸鱼条。他把薯条排在烤箱盘上。我打开电视，调到儿童节目。我们边看电视边直接从烤箱盘上拿东西吃。时间挺晚了。他离开前握了握我的手。我给了他一些番茄。

我上了床。眼睛瞪得大大的。得离开我的家了。得离开我的诗歌小组了——再也不会每月一次搭周二的公车，坐在车厢后面看玻璃上刻着的人名和留言，再也看不到这样的内容了：

阿德爱阿罗

加勒兹是个蠢蛋

莉齐是个荡妇

宣泄你的爱憎。

思考：

大部分人战斗到最后一刻，

被屠杀到最后一刻，

被仇恨到最后一刻。

　　我就是那些人中的一个，记住——那些人中的一个：不共戴天之徒。

━━━◆━━━

　　我应该告诉丹尼。他有权知道雨果先生以前做过的事。

━━━◆━━━

　　参加诗歌小组活动的那些晚上，我会用水壶煮一个鸡蛋。我带着它上车。我不会马上吃了它,因为把它握在手里会让我觉得暖暖的。有时我也会带一些自己在暖房里种的番茄去分给大家。我会想念这一切的。很多在别人看来微不足道的事在我眼里都是那么的情真意切。

我会怀念这栋房子,怀念每天早晨的鸟叫声。如果你不明白我的感受,那就请在清晨打开你的窗户。晚起的人醒来时就只有宁静一片。

诗歌小组的新成员总是想知道我小时候住在哪里。"很远的地方。"我这么对他们说。他们觉得我有大智慧——是个有故事的人。其实我年纪越大,明白的就越少。

所以我就胡编乱造。"干草芬芳。在树下睡觉。骑着自行车穿越整个乡村。在田野里摘蔬菜。"我没有提到饥饿,也没有提到父亲的拳头、绳子、我的厉声惨叫——我不是不忍回忆,而是因为我爱他,并且希望我们的生活可以是另一番模样。

但我的确是在一个老铁匠铺的农舍里长大的。"冬天的时候,待在那里是最好的啦,"我总会补充说道,"因为有一个非常非常大的壁炉。"

"屋里,"我继续说道,"石板地有一处残缺,那里是马匹站立的地方。我修理马鞍。把马的腿抬起来需要力量,也需要细心。"

屋外,奶牛在山坡上吃草。

那时大约是一九三八年。

爸爸让镇上的人都相信,我比实际年龄还要大几岁。

我以为他是为我好。

他说:"你回来的时候,记得亲吻每一个犹太人。"

约翰
法国
1944年

  约翰醒来时,发现自己躺在一堆淤泥和残叶上,脚上有一股锥心的疼。他的腕表停在了九点差几分的位置上。

  他预料敌军还会带着更多的人力或战犬回来,所以赶紧把缠绕在身上的叶片抖掉,迅速离开。

  这里的景致是约翰一直以来所钟爱的。树根插入泥土,探向地心深处。枯枝上包着厚厚的苔藓,垂死的老树的木瘤变得平滑。这片老树林年代久远,它目睹了纷乱的战火,甚至一度为拿破仑格兰德集团军的逃兵提供了庇护。这些逃兵的制服和武器至今还被藏在空心的树干里。

  哈莉特保存着约翰的好几本速写本。速写本上画得密密麻麻,甚至还有些混乱。她喜欢翻看它们。她希望在将来他们共同的生活中,他可以教她画画。这可以是他们在未来的无数个周日共同做的事。

  约翰从这个地方逃离的方式一定是件艺术品,而且是原创，是敌军始料不及的。

他在森林里一步一步地走着，尽量避免踩断脚下的小树枝。突然，有两只手臂从他身后抓住了他。他奋力挣扎，使劲地蹬腿，但是那个抓住他的人要高大得多。他叫他放松，他照做了。那两只粗壮的手臂松懈了下来。

那个男人穿着防水的长外套和一双农夫的高筒工作靴。

"我知道你一定在这里。"那个男人说，他有法国口音。"我们看到你着陆，但是你在我们找到你之前就逃走了。"

农夫带着约翰穿过树林，走到耕地边缘，在一堆土豆旁停了下来。那里还有一辆马车，以及一匹结实的马。那匹马在他们走近时抬起头来。几只野雉被装在一个用电线编成的篮子里，它们长满羽毛的身体紧紧地压在了篮筐上。

那个人告诉约翰，他的表亲在村庄的另一头也有一个农场，他们这就到那里去。约翰看着他装了几袋的土豆，又把它们拖上车。

农夫提起了最后一只麻袋，示意约翰钻进去。然后他在麻袋口又放了几个土豆，把这只麻袋和之前的几只放在了一起。

　　一番颠簸后,他们启程了。没过多久,约翰突然听到了一阵马蹄声,他意识到他们已经离开农田来到了大路上。野雉们在篮子里扑腾着翅膀。约翰闭上眼睛,试图忘却脚上的疼痛,却很难保持不动。

　　这时,马车停了下来,有几个人在用德语快速地说着什么。农夫用法语说:"看看我发现了什么。"

　　士兵们停下说话,跟着农夫走了过来。

　　农夫把野雉递给士兵,约翰听到了划火柴的声音。香烟的臭味。没人说话。

　　脚疼得如此猛烈,以至于他觉得自己会被自己的身体出卖。就在他疼得快要发抖的时候,二轮车上突然猛增一个很大的分量,约翰感到有一个人的背正靠着自己。

　　他们到达目的地后,约翰被抬进了屋子,从麻袋里被放了出来。农夫的名字叫保罗。他在自己的农场里目睹了突袭。漫天的降落伞。各种器械卡在淤泥里,车轮翻转。机关枪扫射着还有一息尚存的人们。保罗说那些他曾信任的人现在正从他人的苦痛中牟取暴利,或公然和士兵们在广场上并肩行走,也许是出于恐惧,又或许是想借此得到提升。他参加了朋友们的公开处决，事后还帮助他们落葬，同时，他听着那些士兵们的故事，他们从兵营里逃出去，寻找他们见到过的那些女孩。没有人是安全的，他说。

他也跟约翰聊了别的事，关于他的马匹，还有天气。

还有河流的水位有多高。

他给这位美国客人倒了些热咖啡，并问他喜欢怎么吃土豆。约翰谢过他，卷起袖管想要帮忙，但不得不因为脚痛而坐下来。

约翰大口大口地咽着，同时坦言道他自己其实并不是一个刽子手。保罗点点头。"我们一开始都是这么想的，"他说，"可能他们中也有几个是这样的，但是现在一切都太晚了。"

当保罗问到他的战友时，约翰说他们都已经死了，并转移了话题。

约翰当时是"提包客行动"的一员。他们于晚上十一点十二分在哈灵顿的皇家空军基地起飞。他乘坐的B-24"解放者"轰炸机取名叫"星尘"。他最好的朋友是来自布鲁克林的列欧·阿林。他在另一架飞机里。B-24轰炸机被改装后用于特别的行动，并且被涂成了黑色。

保罗如果一无所知会安全一些——虽然他是法国抵抗运

动的一名游击队员。

约翰见过很多法国的队员。"提包客行动"的一部分任务就是要把合适的人在合适的时间安插在合适的地点。最好的人员是无名无姓、无亲无眷的。他们中的大部分都失踪了。他们的命运成了一个谜。有些队员随身带着氰化物胶囊。如果被捕已成定局，那么死亡也可以是唾手可得的。

被捕的队员会先受到百般折磨，然后被击毙或斩首。他们的家眷也难逃厄运，无论年纪大小。约翰一边想着这些事，一边看着地板上的玩具箱，以及扮家家开派对的玩偶们。

———◆———

保罗表亲的衣服给约翰穿太大了，但是保罗说袖子和裤子都可以裁剪。衣服也有些潮湿，所以保罗将它们挂在了厨房的灶头上方。

约翰往火上加了些木块，保罗走了出去，拿进来一只金属的澡盆。从壁炉里伸出一副粗重的架子，架子的一头有钩子，保罗将水桶吊在上面。水烧热后，保罗用布包着水桶将它举起，把水倒在了澡盆里。

约翰脱下衣服，他们都看着他脚上的伤口惊诧不已。洗完澡后，约翰把伤口清洗了一下，保罗给了他一根绳子，让他咬在嘴里。

保罗小心翼翼地帮他把发肿的关节包好，约翰问他的表亲和家人什么时候会回来。包扎妥当后，保罗给了约翰一根树棍让他拄着，把他带了出去。

凉爽的空气让人精神一振，满天星斗。

农舍的后面是一排低矮的鸡舍。约翰不知道保罗要领他看什么。他走路很困难，而且也担心暴露行迹。

他们走到一丛果树苗旁时，保罗停了下来。约翰正要开口说话，他看到了四个小土堆，上面有淡淡的手印。每一个土堆上都有一个不同大小的十字架。

保罗弯下身，摸着最小的那个十字架。

"雅基只有三岁，"他说，"但下场还不是一样。"

约翰白天都暂时待在地窖里。晚上宵禁过后，保罗就会把他带上楼，让他坐在壁炉边吃点东西，陪他说说话，或者玩玩牌。

地窖里有一股潮湿的杂志的味道。约翰在心里给哈莉特写信。他回忆他们去康尼岛的日子，强风将他的帽子吹落，蒙托克的渔船，还有握着她的手的感觉。

保罗给了约翰一些止痛片，这令他疲惫而恍惚。落水管道里的水声让他恐惧。滂沱大雨如音乐般悦耳。

大多数的夜晚，他们都默默坐在壁炉旁。保罗常常会睡着，因为他除了耕自己的田，还要照顾他表亲的地。

约翰留起了络腮胡，因为保罗说嘴唇上的小胡子会令他看起来太像英国人。他还给约翰找了一双大小正好的鞋子。

日子一天天过去，约翰的健康却每况愈下。保罗尽力照料他的脚伤，但是他的脚已经变色了。一天晚上保罗在炉火边观察了一会儿他的脚，然后说他得找一个医生。约翰已经对止痛片产生了依赖。保罗告诉约翰止痛片都放在哪儿，以防自己遇到不测。

第二天早上，约翰听到门闩的声音，以为是医生来了。有个人叫了他的名字，然后划了根火柴点燃了蜡烛。地窖的入口处出现了一张脸，然后又出现了一只手招呼约翰上楼。约翰迟疑了一下，这时，一个老人举着蜡烛走下了楼梯。他谨慎地走到约翰身边，递给了他一把左轮手枪。

"你可以信任我。"他说。

他们坐在厨房里喝咖啡。墙纸是黄色的,开关周围的墙纸变得很薄。老人给约翰吃了一些肉酱和一片干面包,这些东西是他包在一块干毛巾里带来的。他是这个镇子的镇长,他说保罗想要找一个医生——但是很难相信别人。

"你的脚可能会牺牲我们大家的性命。"他笑着说。

然后他把木棍一根一根地放到炉子里。木篮空了以后,老人开始把地板上扔了一地的玩具捡起来。约翰起身帮忙。

"他一开始肯定会生气的,"镇长说,"但这是为他好。"

这些玩偶黏乎乎的。玩偶的脸上用蜡笔画了笑脸。

———◆———

那天晚上保罗没有回来,约翰理了几样东西,轻轻地通过后门离开了。

不知不觉,他已经在这里住了好几周了。

小镇上漆黑一片,街道空空如也。这样一来躲避巡逻队就容易多了。

有些房子被烧掉了,窗栏周围还有黑色的火印,就像睫毛膏留下的污渍。

突然，有一条狗开始大叫。约翰看到侧路上有一小队士兵正朝他的方向走来。他们一定会叫他出示证件——更何况现在已过了宵禁的时间。

如果他跑动，就会引起他们的注意，然后他们肯定会追赶他。

他伫立了一会儿，发现前面有一家小店的灯还亮着。他疾步向前，毫不犹豫地钻进了店里。门铃响了一下。那是一家理发店。一个满脸严肃的男人从后面走出来，手里提着一条毛巾。他把约翰领到一把椅子上，从一个大碗里捞出肥皂沫抹在约翰的脸上。巡逻队闻着熏衣草和香根草的香味走过。

理发师在约翰的脸上扑上一些润肤液后，他走下楼，拿出了一件厚实的外套。外套的口袋里有面包卷、干肉、钱、指南针，以及一把小梳子。

约翰在十点整离开了这个小镇（如果小教堂的钟准的话），并且给他的腕表调好了时间，这是哈莉特送他的生日礼物。没过多久，他便爬过了篱笆，来到田野的边缘。

他尽全力向前走着，穿过一条又一条的马路。有一次，他发现自己置身一辆三座摩托车的头灯灯光下。摩托车停在不远处，熄了火，后面是一个装甲车部队。

约翰假装喝醉的样子，什么事都没有发生。士兵们要么没有看见他，要么就一定是被他给逗乐了。约翰笨拙地解开自己的裤带，然后在路的正中间撒了泡尿。

那时已过了宵禁很久。他们可以把他抓起来，如果他们不想麻烦的话，也可以一枪把他毙了。约翰尿完后，扣上裤子，跌跌撞撞地绕过摩托车的头灯射出的弧形灯光，走入田野。他在远处躲了一会儿，观察了一下部队的动静，然后吞下两粒止痛片，又快速起身了。

他计划向北走，希望在那里能搭上一艘去英国的船，或是遇上法国抵抗运动的游击队员。

他一直走到第一缕霞光出现。衣服被露水浸湿了。在找藏身之处时，他听到两架轰炸机低空盘旋的声音，心想不知这两架飞机是否来自哈灵顿皇家空军基地，自己认不认识上面的飞行员。"提包客行动"的成员只会在月光刚好照出河湖脉络的时候采取行动。

哈莉特和他的父母应该已经得到消息了。他想象着他们坐在餐桌前不愿相信这个噩耗的样子。饭店一定会长期处在悲恸之中。这种悲恸充斥着厨房，装在蛋糕锅里，盛在鸡蛋和煎土豆丝的盘子上。

———◆———

约翰路过一座废弃的农舍时，天快亮了，他便走了进去。屋子里满地都是瓶瓶罐罐，还有玻璃碎片。潮湿而陈腐的空气中弥漫着一股尿液的味道。屋顶上被大炮炸出了一个洞，大炮穿过地板直通地窖。约翰从均匀的水滴声及其回声中听出，地窖里肯定浸水了。他脱下外套，点亮了一根蜡烛。一开始很难看清，但是他尽量把托着蜡烛的手伸入地板上的大洞中。地窖看起来也是一个车库，靠墙依稀有一辆车的样子。地窖里还有几根木头横梁、裂开的家具、破碎的陶器，以及一具似乎冒着白光的尸体。约翰向后退了几步，找了个地方躺了下来。

十二个小时过后，他在黄昏中醒了过来，他静静躺着，努力理清身边发生的一切。在寂静中，他能听到自己的心扑通扑通地跳动——就好像在为他的余生做着倒计时。

在启程前，约翰决定冒险去一回地窖。他先确保外头没有人,然后脱下自己的鞋袜,也解开了脚上的绷带。他卷起裤管,将几个大件的家具通过地上的大洞扔了下去,家具发出令人紧张的咔嚓声。然后他沿着家具慢慢往下爬。地窖里冰冷的水反倒令他暂时忘却了脚上的疼痛。他想要打开汽车的发动机盖,从里面拿一些软管,这样他在水下的时候就可以用它们来帮助呼吸。

汽车的发动机盖发出巨大的咯吱声,约翰确信如果屋外有人的话,一定会听到这个声响。他静听了片刻,只有自己的呼气声,以及在废墟中穿行的微弱的晨风。

汽车的马达和底盘都已经开始生锈了。约翰在保险杠上融了一些蜡,把蜡烛立在了上面。他找到了自己要的软管。他轻而易举地将软管取出,然后踩着堆叠的家具又爬了上去。他小心翼翼,没有打搅到前一位住户的遗体。

收拾好行李后,约翰给手表上了发条,走了出去。天几乎全黑了。他沿着房子爬了一圈寻找食物,终于在一株多叶蔬菜旁找到了一小片萝卜地。这株蔬菜几乎被毛虫吃了个精光。

约翰又吃了几粒止痛片,然后继续北行。他沿着村庄的外围走,一有汽车引擎的声音便俯下身躲藏。空中依然战火连绵,有时半夜约翰会平躺在地上,看着空中精彩的战火表演。

他的计划看来是正确的,他觉得自己也许应该以海岸线上某一个更靠北的地方作为目的地。

清晨温暖而干燥。约翰看到四周没有什么房屋,便挤入了一丛树篱中。他展开双臂抱着树干和树根,借此稍作隐蔽,就和第一晚的方式一样。如果要尿尿,他便将身子侧向一边(大号的话就得一边走动一边完成——这样气味就不会引起过路人的注意)。

虽然已经吃了身上一半的食物,约翰还是在饥肠辘辘中睡去,十个小时后,当他在傍晚醒来时,则又食欲全无。同时他觉得晕头转向,脚疼得如此厉害,有时他几乎想对着脚开上一枪。

天暗下来就又可以出发了。约翰从树篱中出来,开始了他第三个晚上的行走。头一个小时,他吐了好几次。然后他的胃似乎被清空了,于是也就安稳了下来。

周围的环境变了。被战火付之一炬的田野,还有铁丝网做成的栅栏。约翰在想自己是不是奇迹般地来到了比利时的边境。这时,天开始下雨了,他有种想吐的感觉。天再一次亮起时,他在一棵树下晕了过去。

九个小时后,约翰苏醒了过来,想到即将面对的第四个夜晚的行程,他觉得自己可能坚持不下去了。

如果他放弃,就会被折磨致死;如果他坚持,他也肯定会土崩瓦解。他确信自己一定是在绕圈,保罗的农场其实就在几百码外的不远处。四粒止痛片下肚后,他又坚持了下来。夜里阵雨连连,一个晚上下来约翰浑身湿透,寸步难行。他发着高烧,眼前一片模糊。

天快亮了,约翰环顾四周,发现周围都是尸体和残骸。他摸出手枪,扣上扳机。德国步兵泥泞的制服被炸成了碎片。这些士兵是被机关枪从高处扫射致死的。

后来约翰看到了一只猫。他想要跟着这只猫走,也许它会把他带到一个农舍,但是凑近了才发现原来这只是一个蒙着污泥的头盔。他腿一弯倒在地上,愣愣地盯着这顶头盔,才发现原来上面并不是污泥。

约翰昏迷了一个小时,后来被一艘坦克的轰鸣声吵醒。他身边没有树木或者树篱可以藏身,所以他滚入了一条坦克开过留下的泥痕里。他想装得和周围的尸体一样。

当他在泥痕里挪动四肢,突然感觉自己的身下还有一个身体。当这个身体移动时,约翰猛地弹了起来,迅速拔出手枪抵着那张张开的嘴。一双惊恐得发白的眼睛注视着他。约翰扣上扳机,等待坦克的靠近。坦克的声音可以盖过枪击声。

丹尼
洛杉矶
2009年

I.

丹尼在高速公路上哼着巴赫组曲，并想象着钢琴家格伦·古尔德穿着厚大衣的样子。他对他的父亲知之甚少，但常常想起他。

有的日子，天空是那么的清澈，望着天空就好像凝视着无尽的黑暗。

丹尼快三十岁的时候从苏格兰搬去了洛杉矶，他一心想要成功，一心想用自己的方式来拍摄电影，一心想让自己的母亲安度晚年。

他出生于英国的曼彻斯特，他常常想象自己出生那一刻的情形。肯定有啼哭声、硬荧光灯、母亲颤抖的双手和布满汗珠的额头、地上的白毛巾，护士们穿着上了浆的制服，围裙上别着钢表。在母亲的怀中，没有什么可以伤到他。

丹尼只有一周大的时候，他爸爸在电视机上贴了张字条，说他再也不回来了。

丹尼的母亲打了一份又一份工。她上班总是迟到，因为很难找到可以信任的人来帮她照看孩子。她的父母住在伦敦。她的父亲想要搬回尼日利亚，但她的母亲觉得英国的生活更快活。他们让她回去跟他们一起住，但丹尼的妈妈无法想象带着一个孩子回到她以前的房间。

丹尼十二岁的时候，他母亲又坠入了爱河，他们离开曼彻斯特，去了苏格兰。

那一段婚姻持续了两年，结束时如释重负的感觉胜于埋怨。他母亲将失望吞下肚去，报名参加了社会学和护理工作的夜校课程。丹尼放学后自己走路回家，然后看电视，等待他母亲回来做饭。

她有几个朋友，但最喜欢做的事还是在家陪儿子。

他们住的那片公寓下面有一个超市。那里还有一条运河，旁边有高高的铁丝栏围着。铁丝栏上已经出现了小洞，就好像被孩子用小树枝撕扯开的蜘蛛网。浑浊的河边是一片长草的斜坡，那里有汽车轮胎、床垫、油桶，还有一把翻过来的旧扶手椅。附近一所综合学校的学生们常常在超市里买午餐，然后就坐在手推车停车位旁的草地上叽叽喳喳地吃着。

垃圾被吹向了铁丝栏，堆在了一起。夏天的时候，翻过来的旧扶手椅、汽车轮胎、床垫，以及其他弃置物品会消失在又高又密的杂草之中。

———◆———

丹尼搬去了小镇另一头的一套公寓，但是每周会有几个晚上回去看他的妈妈——星期天的时候，他总会带着一盒四味巧克力，两人一边看电视上的颂歌节目①一边吃巧克力。妈妈知道每一颗巧克力的形状。丹尼喜欢的是太妃硬糖，因为它们可以吃很久。

他一直待到妈妈上床睡觉，然后他会订一辆出租车，等着它来。这片公寓房不像以前那么安全了。十五、六岁的不良少年会大声叫嚣，还会在不远处跟踪你。

———◆———

丹尼提起他想搬去洛杉矶时，他母亲明白这是他的

---

① 颂歌（Songs of Praise）是英国广播公司一套的宗教歌曲节目，创立于1961年。

梦想。

她去格拉斯哥国际机场送他,看着他慢慢排完安检的长队。他知道自己不会再搬回苏格兰了,但是他感觉到了这个家的牵绊,虽然这不会是他永远的家。

丹尼在洛杉矶的工作很早就安排好了,因为这样他才可以办妥移民手续。他已经在电视业工作了好几年。他一毕业就开始工作,起先是倒咖啡和打杂。与他同龄的实习生不少,但是唯有丹尼会在杯碟上放块巧克力,并给演员们留纸条,夸奖他们的表演。在拍摄现场工作了几年后,他凭直觉就能知道:在一连串谋杀事件中,躺椅该放在哪里,侦探该如何走进酒吧,在发心脏病之前得在吧台边站上多久,他摔倒的时候酒杯该不该打碎,该由谁来尖叫(以及如何尖叫)。

丹尼二十五岁时就已小有成就,但他自己觉得还远远不够。他辛苦拍摄一天下班后,并不是和其他人一起去酒吧喝酒,而是回到自己的小公寓里,读莎士比亚、贝克特、阿尔托和易卜生的剧作,研究卡萨维茨、安东尼奥尼、小津安二郎以及伯格曼的电影作品。

丹尼为英国广播公司二频道拍摄了几部短片后,开始自己编写剧本。他对很多拍摄技巧都很感兴趣。灵感涌动。

丹尼尔在洛杉矶的头四年过得并不容易。美国人夜以继日地工作。他的首部电影拍摄了很久，不过大家都很满意。他的第二部作品反响并不强烈，但足够让他将贷款还清。他的第三部电影叫《圣安妮之夜》，是一部有关法国抵抗运动的历史剧，因为这部影片，他获得奥斯卡最佳导演奖的提名，但是丹尼觉得电影并不成功，需要再拍一部来找出其中的问题。

就在那个时候，他为他母亲买下了格拉斯哥码头区的一套现代公寓。他飞回苏格兰待了一周，陪她一起出去购置家具。她不停地说："你不需要这么做的，丹尼，你真的不用做这些。"

她用了六个月的时间才适应过来。有时她会在夜里绕着公寓走圈，摸摸摆放的东西。丹尼每周给她打两次电话，每一次他们都说一个小时的话。

在他的第四部电影的前期准备阶段，丹尼从洛杉矶的银湖区搬到了好莱坞山。他把他的雪弗兰皮卡换成了一辆有着棕褐色真皮座椅的白色奔驰，还在健身房雇了一位经常对他大呼小叫的家伙。他的汽车后座椅上有一条苏格兰羊毛毯，这是给他的三条比格犬用的。毯子是他的母亲寄来的，一同寄来的还有够吃六个月的茶包，以及一些 HP 调味酱。

———— ✦ ————

十年过去了。

他母亲退休了。比格犬的行动也迟缓了下来，很少吠叫了。它们的鼻子上长出了灰色的毛发。丹尼喜欢在车上听音乐，或者在家里和狗待在一起。他有时也会去游泳，然后坐在外面边吃早饭边看《纽约时报》。游泳池边种着叶子花和茉莉花，还有很多小鸟。

丹尼需要思考的时候，就会通宵开车穿过沙漠去往拉斯维加斯。他在途中会停下来，大口呼吸温热的空气，并用双手捧起细沙。在苏格兰生活了多年后，真是花了不少时间才让身体暖和起来。他在公路旁的小饭馆吃饭，和服务员闲聊，看人们玩摇奖机，喝咖啡，静静地吸烟，在公共电话的找零槽里摸零钱。那里有时还有供卡车司机使用的冲凉房。你可以在柜台边见到他们，他们坐成一排，顶着湿漉漉的头发，吃着鸡蛋。

丹尼的办公室设在苏荷馆的一个套间内——苏荷馆是一家好莱坞的酒店，也是一个会员制的私人俱乐部。管理人员都是英国人，所以菜单上还有鱼和薯条、青豆泥等。他可以足不出户就举办派对，也可以在下雨时独自坐在阳台上。有一次下大雨的时候，一个服务生陪他坐着。他来自戈尔韦，他也能感受到那个自己永远不会回去的家的牵绊。

"告诉他们，我们需要他们升至五千万。"丹尼说。其他的电话线也在闪烁，但是被他的秘书接了。

他拉开写字台的第一个抽屉。

"我刚才竟然在找烟，"他说，"你能相信吗？"

他拿起一支没削过的铅笔，咬在了嘴里。

"不，已经有一个月都没有抽了。"

他坐在转椅里转向窗口，看着外面的城市。

"只是一支铅笔而已，我保证，"丹尼说，"算了，我这么做也是为了三条狗，不是我自己。"他听了一会儿。"告诉斯坦，我们对他的热忱深表感谢，哦，算了，这样听起来太居高临下了——这么说吧，我们很珍惜同他的友谊，但是如果他们这次的出价低于上次，我们就无法再做下去了——但是这个他们已经知道了；他们就是要这么干，你也知道。"

他又听了一会儿。"好吧，那就这么办吧——只要符合合同，他们的长期支出会增加的，但是如果他觉得这样有面子，那就这么办吧——只要你觉得这样做是对的。我相信你的判断。"

他点了点头，然后做了一些笔记。

"挂电话之前我再说一句，杰克，"丹尼说，"我想今天下午去看一下拉克尔。你帮我跟她说一下，好吗？"

———※———

天气很热，万里无云。

远方的指示牌上曾一度写着"好莱坞庄园"。骡子将粗桩子拖上陡峭的山谷，给这些字母铺上牢固的根基。一九三二年，一个女演员从第一个字母 H 处跳下身亡。林荫道上停着老式汽车。男人们戴着帽子，穿着米色的西装。

每个人都吸烟、骑马。作家菲茨杰拉德坐在柜台边吃午餐，然后去焦油坑附近的公园给他的女儿写信，叫她少花些钱、好好照顾她的母亲。

丹尼的秘书普雷斯顿敲门走了进来。他来自俄亥俄州的杨斯顿。他的第一份工作是在回音公园一家有名的早茶店。他戴着领结。他参加很多派对。每个周日，他的父母从教堂回家后，他给他们打电话。他们很支持他的工作，但希望他能回俄亥俄州去。他的母亲喜欢穿绒毛里子的拖鞋。她喜欢在看电视的时候把脚跷得老高。普雷斯顿的父亲每个月帮她染一次头发。他会戴着塑料手套，厨房里满是化学试剂的味道。普雷斯顿出生时他们都四十岁了。上周是他们的结婚纪念日。他们跟朋友一起去外面野炊，有肋骨、炸鸡、羊角豆、玉米面包、甘蓝，还有自制的猪肉和黄豆。普雷斯顿的父亲给他发来了照片。人们托着一次性纸盘吃东西，拍照的时候还举起了手中的纸杯。

当人们得知普雷斯顿是同性恋时，没有谁大惊小怪。他在一个周日的晚上一边看电视一边把这事告诉了父母。他对他们说这就像呼吸一样自然。

"派拉蒙那件事怎么样了,普雷斯顿?"丹尼低着头问。

"非常顺利,那个新的制片人就像圣诞节的奇迹,我明天应该就能给你答复。"

"那你这个圣诞节回家吗,普雷斯顿?"

"是的,如果你不介意的话。你去苏格兰吗?"

"我母亲会过来——我觉得她是迫不及待想要见我的那三条狗。"

"这里比苏格兰暖和多了,是吧?"

"这里比什么地方都暖和,普雷斯顿。你还有什么需要我做的吗?"

"没有了,我明天会给你消息。"

"好。我今天下午会去看一下杰克的妻子——你能不能给医院打个电话,确保一切顺利,然后再问问护士她需不需要什么东西?"

"她怎么样了?"

"也许只是无聊到家了。"

"我桌子上有几本杂志,你要不要带去?"

"我很高兴你能有些时间看看杂志,普雷斯顿。"

透亮的停车库永远忙忙碌碌。安全带系上前总有一个声音不停地哗哗叫。"谢谢你,外婆。"他说。

乘客座位上有一根橡胶骨头。驾驶座侧的门上有一个凹痕,苏荷馆的停车库管理人员每次都说丹尼上楼后他们会帮忙修复。

偶尔,他会坚持自己停车,然后他就能把座椅调到最低,躺下来打个盹儿。

他在大白天也常常梦到自己的童年时光,回忆起雨水充沛的曼彻斯特,想到那一栋他跟母亲相依为命的小房子,他是在那里长大的。他常常想到母亲,也许是因为自己长大了,有了回忆,想起那时的她就和现在的自己一样大。她爱他,也因此拒绝了其他的可能。她生命的印迹不仅仅是她所做过的那些事,更是她自己放弃的那些。

丹尼觉得他跟母亲很像。他也更喜欢待在家里,喝茶,看着他的比格犬。无数的派对和晚宴都不再有意义。他不再需要向别人证明什么。他已经把自己所感兴趣的一切都融入了电影中，已经再没有什么可说的了。在过去的几年里，他曾经有过几段为期不长的恋爱，但是他所迷恋的男子总是渴望得到更多。

他不觉得自己是孤独的，但是他承认似乎少了什么。他常常坐在厨房里一边思考这个问题，一边看着他的狗睡觉、呼吸，它们的小心脏像锁一样收紧又张开。

II.

在驶上通向医院的高速公路前，丹尼在梅尔罗斯的绿克餐厅买了一份特制的小饼干带给拉克尔。那时时间还早，餐厅的主人珍妮还在吧台后面做着准备。

"不在这儿吃午餐，丹尼？"

"不了，我要去医院看个朋友——杰克·米勒的太太。"

"哦，我认识他们——杰克和拉克尔。我知道她长什么样。希望不是什么要紧的病。"

"她很快就会来这儿吃午餐的，到那时，珍妮——你可得忘了我们今天说过的话。"

"她不希望别人知道她住院了？"

"谁知道呢。"丹尼说。

"老天,你可真细心,"珍妮说,"什么时候让我也跟你说说我的秘密。"

"你可知道,普雷斯顿不会无缘无故把我叫做'保险库'的。"

丹尼回到车上后,发现停车超时了,但是挡风板上并没有罚单。他看到盒子外边还有几块独立包装的饼干。他把三块放进口袋,留着回家后吃,然后站着将第四块嚼了下去。餐厅的对面是一家卖古董表的商店。丹尼看着橱窗里的手表。多么纤细的数字和分钟线,多么精致的弹簧,它们不分昼夜地记载着时间的流逝,可它们又何曾明白时间的意义。

拉克尔病了几个月了。她的头发在治疗过程中掉光了,但是最糟糕的已经过去了,她说。

丹尼到医院后,问代客泊车的人是否可以自己停车。这是他的一个怪癖,洛杉矶的人们理解不了。一个代客泊车的人甚至还指责他不信任西班牙人。丹尼觉得莫名其妙,他下了车,气愤地踢了车门一脚,他的鞋子在门上留下了一个凹痕,那些人以为他疯了。

他到医院前台时,看见那里有五个女人正伸着长长的指甲在给访客指路,还有一些访客在一旁等待。

"先生,您好,有什么可以帮您的吗?"

"我不知道自己是不是找对了科——"

"请告诉我病人的姓名,先生,我可以在系统里查一下。"

"科林,C开头的那个,名字是拉克尔。"

那个女人敲了几下键盘。

"科林太太,拉克尔·科林。您是科林先生吗?"

"不是,我是科林大伯。"

"你说什么?"

"我只是一个好朋友……不是亲戚。"

"请到肿瘤科,O楼十四层。从这扇门出去,右转,找到O楼——或者坐这个电梯,有一座天桥通到那栋楼。如果你找不到,就打墙上的电话,拨零。"

"谢谢你。"丹尼说。

"祝您的朋友早日康复。"

拉克尔住的楼里有自己的接待员。前台桌上放着好几瓶鲜花,还有气球。有一只气球挣脱了绳子,斜着脑袋顶在了

天花板上。接待员陪着丹尼走过大厅。她接过了丹尼提着的手提袋，袋子里是杂志和饼干。袋子上写着"福克斯探照灯影业"。

拉克尔睡着了。

她的房间明亮而豪华。丹尼站在窗边，看着远方的洛杉矶城。无穷无尽的汽车长龙从远处看去就像一粒粒五颜六色的小点，串在一起，在大峡谷中穿梭。交警直升机在日落大道上盘旋。丹尼轻轻地给普雷斯顿发了条短信，提醒他确保拉克尔的房间在保险范围内。

然后他在一把米色的皮椅上坐了下来。他身边这个熟睡的女人曾给他的生活带来了无以名状的快乐。她和他的代理人，也是最好的朋友，结婚有七年之久。他们想要个孩子的时候，医生查出了一个硬块。

丹尼拿出杂志，看着封面上的面孔。他觉得每张脸都在寻找什么——试着打开他们生命的结。

拉克尔醒来时，伸出手来拉住了他的手。

"你怎么没在拍摄现场干一些了不起的事情？"她轻轻地问。

"我更喜欢照顾病人。"

"我想杰克也一样。"拉克尔说着坐了起来。

"我喜欢你的头发。"

拉克尔咯咯地笑出声来,伸出手指碰了碰粗粗的发缕。"是假发。"

"看不出来。"

她脸红了。"不允许化妆已经够糟的了。"

丹尼握了握她的手。"今天早上我给杰克打电话了。"

"我知道,"她说,"他也给我打过电话,告诉我你会来。"她停顿了一下,"他昨天来的时候,一直哭个不停。他有没有跟你说什么?"

丹尼摇摇头。

"别告诉他我跟你提了这事。"

杰克一直都显得沉着镇定,甚至还上了关于化疗的班,参加了一个在线救助小组。

"帮我看着他,丹尼。"

"我会的。"他允诺,仔细看着她的脸,搜寻着病况的迹象。她指了指床头柜上的杂志。

"这些是给我的吗?"

丹尼给她念了杂志名。"法国版《时尚》、意大利版《时尚》、英国版《时尚》、中国版《世界时装之苑》、《室内设计世界》、《你好》、《OK》、《尚流》。"

拉克尔大笑,看起来似乎还忍着些疼痛。"丹尼,帮我谢谢普雷斯顿,好吗?你知道我有多么喜欢看杂志。"

"我带来了小饼干。"他说。

他们聊了聊她的化疗,以及再过多久她就可以出院回家。

她闭上眼睛的时候,丹尼就不再吵她。

他记得她以前的头发的样子,夏天她来他这里游泳时会把头发扎起来。杰克下班后也会一起来。

有一个星期六,外面雨下得很大。他们三个待在室内,酒有点喝多了。他们玩大富翁游戏,还一起看了电影《单身男子》。杰克吸了口大麻,指着电视机说:"这就像你,丹尼,只是还没有人死。"丹尼向他扔了个枕头。

拉克尔从格林布拉特饭馆叫了外卖,他们又一起看了电影《十六支蜡烛》。杰克和拉克尔晚上在客房过了夜。丹尼躺在床上,听着他们大笑不止,挪来动去。

下了整整一夜的雨。

第二天他打电话给他母亲,询问关于父亲的事。母亲沉默了一会儿，然后告诉了他整件事的来龙去脉，不仅仅是贴在电视机上那张写着再不回来的字条——他父亲的童年是在曼彻斯特的贫民窟度过的，他的父亲，也就是丹尼的爷爷，惨死在法国北部的战场上。母亲告诉他他们是如何相遇的，他带她去高档的酒吧，还在他们屋子后面的高架桥上为她采花，以前有蒸汽火车在那座高架桥上热气腾腾地嗖嗖穿过。他脸上须后水的味道。他那双粗糙的手在工厂干了十年，可依旧是那么温柔，但是一旦有人嘲笑她，或者说出歧视性的话语时，那双手又会立刻攥成拳头。

"我心里其实知道他迟早会走的，"她说，"我很伤心，但是并不意外。"

她告诉儿子，他父亲并不是她的毕生挚爱，而只是在生命的进程中沿途爱上的一个人而已。

拉克尔熟睡的时候，丹尼回忆起自己在苏格兰的生活，回忆起自己一开始工作的那个电视演播室，还有每天在灰蒙蒙的早晨就得赶车出发的日子。然后他想象自己变回了小时候的模样，回到了童年在曼彻斯特住过的小房子里。门口放着冰凉的白色奶瓶，街角有一家卖鱼和薯条的小店，老板叫伯特·埃克林，他总是会多给他一根香肠。这些是他在生命的进程中沿途爱上的人。

除了这些，也有人会辱骂他们，叫他们滚回原来的地方。他们的一词一句刺伤着他的心灵，因为他感受到这些人对他的仇恨，虽然自己并没有做错什么。

这些人也常常嘲笑他的邻居，那是一个奇怪的老人，有着一颗畸形的脑袋。他自己种番茄，还常常把番茄装在棕色的纸袋里分给别人。

拉克尔睁开眼睛，眨了几下。"我睡了多久了？"

"不久，大概四十分钟吧。"

"你应该叫醒我的。"

"绝对不会。"丹尼说。

"我睡着的时候你做了什么？"

"我想起了小时候的一个邻居。"

"你在苏格兰的邻居？"

"不是，是我七八岁的时候。我在曼彻斯特的邻居——我在那个城市出生。他那时在我的眼里可老了，但其实可能也就六十岁。他的头有点畸形，声音也有点哑。我们街上的人叫他'象人'。"

"天哪，那可太恶劣了。"

丹尼点点头。"我觉得我母亲应该会记得他，但我直到最近才想起这个人。"

"接着往下说。"

"他自己种番茄，然后把它们放在我家的门口。"

"可你讨厌番茄。"

丹尼笑了。"好像他还教会了我认字。"

"真的？"她问。

"上个月我在电视上看到一个半夜的导购节目，令我想起了我们以前一起做的事情。"

"导购什么东西，丹尼？"

"给有诵读困难症的儿童的游戏。"

"你有诵读困难症？"

丹尼怔怔地看了她一会儿。他看书一直很慢，他还记得在学校里老师责怪他偷懒时他是多么沮丧。

拉克尔递给他一张纸巾。

"先是杰克，再是你，"她傻傻地笑了一下，"真是一对爱哭鬼。"

拉克尔问丹尼他和这位老邻居是否还有联系。

"我估计他已经去世了，"丹尼说，"而且孩子总会把这一类事看得很重，不是吗？"

"找找他吧，"拉克尔说，"叫普雷斯顿打电话查一查。"

丹尼耸耸肩。"都是三十年前的事了，那时他就差不多六十岁了。"

"试一下又无妨。"

快要离开前，丹尼俯下身亲了一下拉克尔的额头。"你一直都那么特别，你知道吗？"

有人推着手推车经过了她的房间。

"如果他还活着，他一定会记得你，"她小声说，"我敢说那些事对他的意义要超过你的想象。"

然后一个护士敲了敲门走了进来。"但愿没有打搅到你们。"

"不，不，没有，"丹尼说，"我正要走。"

护士检查了一下仪器，跟拉克尔交代了第二天的安排。丹尼站在一边，看着护士整理床铺。然后她弯下腰捡起了那个空的手提袋。

"'福克斯探照灯影业'，"她看着手提袋上的字说着，"这可是我儿子的梦想啊。"

拉克尔抬起头，护士帮她理了理枕头。

"他下了决心,"她继续说着,"他要成为下一个大人物——好莱坞的一名大导演。他一直在存钱,就是为了以后可以学这个专业。我丈夫告诉他这不切实际。他应该读个商科或计算机什么的。"

"丹尼可是一位有名的大导演哦。"拉克尔快活地说道。

"噢?"护士一边调整百叶窗一边说,"你叫什么名字?我一定告诉他我遇到了你。"

有几道夕阳照在了拉克尔的脸上。丹尼终于看清楚了她的病有多么严重。

出来的时候他去见了那个护士。她在用吸管喝苏打水,看着一个西班牙语的节目。

"这是我的名片,"丹尼说,"叫你儿子给我打个电话,约个时间来一趟我的办公室。"

"你在开玩笑吧?"

"让他给我的办公室打电话就行了。"

她放下苏打水的罐子,站了起来。

"哦,先生,有什么我可以为您做的吗?您真是太好了,真叫我难以置信。您竟然愿意帮助我的儿子。"

"让她好起来,"丹尼说,"让她好起来就行了,因为没有她的话,我们都完了。"

丹尼给狗喂了点吃的,然后他没有上床,而是翻看了一盒又一盒的旧照片。有几张照片令他掉下了眼泪,因为他回忆起了身为一个孩子的感受。

他吃了一个三明治,然后列出了所有爱过他的人的名字。他把名单贴在冰箱上,大声念了出来。

早上起床后,他和他的狗一起游泳,然后坐在厨房里画曲线。接着他把这些曲线连起来,变成各种形状。各种形状拼在一起形成了字母,组成了一封信的内容,信是这么开头的:

亲爱的雨果先生,
　　您也许不记得了,您曾经救了一个孩子……

他喝了点咖啡,然后一遍又一遍地看着这封信,直到他能够记住每一个字。

然后他走了出去，在游泳池边坐下。

一条狗小跑着过来，在他的脚边趴了下来。

他想到了那条运河，那些成堆的垃圾，被雨水浸泡得发胀的旧家具，夏天的杂草，发黑的河水，进城后又离开的驳船。他看到了超市后面的卡车正倒着驶入装货区。他听到阳台的门滑开，感受到冬天时铝制把手上的凉意。他想起自己在曼彻斯特的卧室，那套有赛车图案的睡衣，那双咯吱作响的拖鞋他一直穿到脚趾头处捅出一个洞。妈妈用低沉的声音唱着摇篮曲把他送入梦乡。他总是在床上跳来跳去。在地毯上玩小车，挑一个泰迪熊晚上陪他一起睡觉。

他现在正站在这个小男孩的身旁，抚摸他的头发。但是小男孩没有动——他不知道自己正被人怀念着。

丹尼坐在床上，手指描着床褥上的卡通轮廓。他凝视着眼前这张清晰的沉睡的脸，感受到他跌宕的梦境。

接着，丹尼有了一种从未有过的感觉，似乎是一股巨大的怜悯让他从无限的重压下解脱出来。在这个半明半暗的房间里，他伸手抚摸的这个孩子不是他自己——而是他熟睡中的父亲，当父亲还是个孩子的时候，他有着柔软的长发，他感到孤独、痛苦、绝望、恐惧。

艾米莉亚
英国，东萨塞克斯
2010年

妈妈确定菲利普在我们家，于是过来告诉大家关于约翰祖父的消息。爸爸也在，大卫过了一会儿也带了花来。

我们不知道祖父死去的具体时刻，但是我在前一天刚跟他通过话，他听起来还不错。我们谈了很久关于那个最新的展览的事，展览会以二战期间被遗落在欧洲大陆的美国照片作为开头。

我告诉约翰祖父我的工作就是帮助盲人了解展览的内容。他想多知道一些，所以我就跟他举例说，有一张照片据介绍是一位年轻的美国女子，她站在康尼岛的一堵矮墙上，穿着罗德与泰勒百货公司的一条裙子。为了让盲人参观者了解到这个内容，我就会去找一条类似的复古裙，让他们触摸、闻嗅，与此同时，我还会告诉他们这张照片是哪儿来的，照片是法国圣皮埃尔的两个分别叫海莉·达赞和塞巴斯蒂安·达赞的人寄来的，他们小时候在自家农场后面的小树林里发现了一架美国 B-24 轰炸机的残骸,这张照片正是他们在飞机残骸里找到的。我跟约翰祖父提这张照片是因为他曾经乘坐过 B-24 战机。我还说我会把自己房间里的 B-24 轰炸机的模型拿去用——然后我会得意地告诉大家,这正是我自己的祖父曾经乘坐的战机。

我告诉他,博物馆馆长很满意我给这次展览起的名字,一个实习生还告诉我,她有一次在纽约的观光大巴上看到了我们现代艺术博物馆的广告,上面有这次展览的名字——"离别的幻象",又大又醒目。我跟约翰祖父说这一切的时候,他在电话那头静静地听着,然后告诉我说他感到无比自豪。我没想到这是我们最后一次谈话。

——✦——

菲利普只有在我们的南安普顿的婚礼上才见过约翰祖父一次。他们坐在一起,聊着祖父小时候他父母的饭店里供应的各种各样的鱼。

祖父叫菲利普告诉他我们是如何相遇的,他对此难以置信,因为哈莉特在蒙托克向他求婚的地方就在菲利普停船的船坞附近。这是我最喜欢的约翰祖父的一个方面——他总是提问，然后将事情都联系起来。

我的父母先飞去了英格兰，一天后我和菲利普再去。爸爸来希思罗机场接我们，把我们送到约翰祖父在东塞萨克斯的大宅子。我在飞机上还算平静，但是当我走入大门、闻到这栋房子的气味时，我顿时意识到约翰祖父已经死了，我们去那儿的目的是将他的遗体埋在祖母的旁边。

爸爸和菲利普下午出去买吃的，妈妈和我则翻看祖母的遗物。她将祖母的东西放在我的手中，为我描述它们的样子。当我叫妈妈把房子卖掉时，她很吃惊。这也是她的想法，只是她以为我会不愿意。其实我明白，如果我执意保留房子，那就是我在执意挽留祖父不让他离开而已。

"一旦卖了，"我说，"就把钱捐了吧——因为我们现在已经过得很好，而且这也是祖父所希望的。"

"这可是几百万英镑的事，艾米莉亚。"妈妈说，但我知道她已经有点同意了。

然后我们哭着拥抱彼此。这是美好的时刻，帮助我们迎接接下来的几天。

第二天，菲利普四下查看时发现了祖父的劳斯莱斯。祖父以前每天开着这辆车去镇上买报纸和面包。那是祖母允许他抽雪茄的唯一一个地方。菲利普说除了引擎，车子一点问题都没有。我对菲利普说他可以把这辆车开走，但是那天晚上躺在床上的时候，他说他不要了。我意识到自己是多么的幸运，因为我拥有一个如此了解我的人。

葬礼的前两天，妈妈带我去了她以前的学校。学校已经停办了，大门也锁上了，但我们还是钻了进去。她带我去了她以前和其他几个高中女生一起偷偷抽烟的地方。然后还开车带我去了一个公园，祖父以前每周日都会带她去那里荡秋千。

是祖父的护士发现了他。她说他当时在布雷太太（也就是我的祖母）以前的那张床边。

我和妈妈站在他卧室的床边。然后妈妈叫道："我的天啊！"她告诉我床头桌上都是祖母的书、她的老花镜、银钢笔，以及她的空水杯。

"在他的脑海里，他们还是在一起生活着。"她说。

我想如果菲利普死了，我也不会把他的东西扔掉。

晚餐的时候，妈妈说祖父能在战乱中生存下来真是一个奇迹。她说后来的很长一段时间里他都状况不佳。菲利普问那时他发生了什么事。妈妈说没有人知道细节，只知道有人在法国的某片战场上发现了他，后来他在一家军事医院昏睡了几个月。爸爸当时正在扯报纸点壁炉，也停下来听。

那天凌晨是几个加拿大士兵发现他的。

凌晨的气温很低，草地湿湿的，盖着露水。他没有穿任何制服，在敌军遍地的尸体间漫无目的地穿行。当加拿大突击队冲他喊叫、举起他们的步枪时，他猛然倒地。

他的身份不明，所以他们不知如何是好。幸运的是，一位首席军医觉得自己有责任救助这位年轻人，因为他也许是那双伟大的看不见的手所馈赠的礼物。战后，祖父还和这位军医保持着联系。穆罕默德医生后来成为了一位有名的心脏外科大夫，他想要在多伦多成立一个儿童心脏研究中心的梦想最终也因为来自英格兰的一笔匿名捐款而得以实现。

————

我们一边喝酒，一边回忆着祖父过去常说的话，大笑不止。壁炉内的火焰发出噼里啪啦的声音。好几次，我都流着眼泪离开房间。

妈妈喝醉了，被抱上了床。

菲利普和我待在楼下，我们躺在彼此的怀抱中。我感觉到脸上的暖气，就好像是祖父正看着我一样。

约翰
法国
1944年

约翰七岁的时候杀死了一只小鸟。

长岛上离他父母的饭店不远有一个公园,他常常和其他小男孩一起去那里奔跑、喊叫、做游戏。一天,有人带来了一只弹弓,他们就轮流玩。当轮到约翰时,他找来一颗小的圆石子,然后照着别人教他的方式把石子放在弹弓上面。他闭上一只眼,瞄准了远处一棵树上的几只小鸟。当有一个小东西从那棵老榆树顶端的枝杈间落下来时,大家都不敢相信。

那些男孩拍拍约翰的背,然后聚到了那一小团东西的周围。

吃晚餐的时候,约翰吐了。妈妈在浴室帮他清理时,发现他的眼睛都哭红了。他们坐在长椅上。约翰难以启齿。

父亲轻轻地站起身,给他们拿来了外套。

父亲一路牵着他的手走去了公园,但是他们谁都没有说话。天气很冷。人们在遛狗、吸烟。一对散步的老夫妻对他们微笑着说"晚上好"。那对老夫妻生活的闲适让他们感到刺痛。

他们到达公园后，发现小鸟依旧躺在水泥地上，两条腿伸向空中。他们用石头在树根处刨了个洞，然后约翰用两只手捧起这个小动物，把它放入洞中，最后将洞填满。

几个小时后，约翰把枪从敌人的嘴里抽了出来，然后从他身上翻滚到了一边。

他们随身都有些吃的，拿出来凑成了一小顿饭。

然后，他们一言不发地站起身来，向着相反的方向走去。约翰在乡村的阴霾中走了几个小时。

夜晚又降临了，很快，周围的田野上又躺满了盟军的士兵。那个晚上夏天也来到了，天空空旷而凉爽。星光明媚，行星旋转不停。

他想到了一切。哈莉特，饭店，他的速写本，星期天——不仅仅是些名词，更是一种感受。约翰知道自己的生命是有价值的，因为他死的时候还有一个值得为之活下去的人。

他在找那张哈莉特的照片，那张他在康尼岛拍的照片。他把又湿又破的衣服上的每一个口袋都摸遍了，可还是找不到。他的眼睛几乎睁不开来,身体火烧一样烫。然后他想起了在哈灵顿的皇家空军基地起飞的情形,以及后来的那个他以为是致命的撞击,滚滚浓烟,冰冷的坠落。保罗和那些黏乎乎的娃娃,最小的十字架,不说话的理发师,他在黑夜里走过的田野。他最好的朋友,来自布鲁克林的列欧·阿林,格伦·米勒交响乐团,罗德与泰勒百货公司,哈莉特在蒙托克向他求婚,下雪,夜里卧室的窗下车辆驶过的声音。光着脚。夏天的康尼岛。

他现在能够如此清晰地看到他的妻子了——甚至能够听到她的笑声。那真是一个快活的午后。地铁车厢里挤满了士兵。哈莉特坐在他的腿上。她的重量压在他的身上,就像天堂一般,然后,在青春的最后一阵悸动中,他向她承诺,他不会撇下她一个人死去——哪怕有一张照片在身边也行。

她说有一天他们都会老去,世界也会变样,但是这将永远是他们共同的世界,现在的分离是一场噩梦,以后他们会从这场噩梦中苏醒——现在的绝望将被以后多年的幸福所掩埋。

他再一次摸索他妻子的照片,因为如果没有照片在身边,他就绝不会这样一个人死去。

艾米莉亚
英国，东萨塞克斯
2010年

祖父的护士说他这几天的行为有些反常，他总是给她东西，还问她快不快乐。他叫她保证如果他出了什么事，她一定会给他的植物浇水，还会给那只晚上到后门口来的刺猬喂食。

妈妈说他感到了自己时日无多。

葬礼的前一晚我睡不着。菲利普尽量陪着我，可他还是睡着了，衣服也没换。

早晨，我们下楼煮咖啡。我一言不发，所以菲利普带我出去散步。天凉凉的，草地有点湿。他把我带进了一片田野。地上很软，我听到好像有什么东西正在向我们靠近，我感觉有危险。我问菲利普是什么，他说有一群奶牛正在不远处跟着我们。

我们回到屋里后，我觉得身子空落落的，我止不住地号啕大哭。到最后我都不知道自己在为谁而哭，我只是听任自己的身体,似乎我的身体要用这个方式将悲伤消化殆尽。

———◆———

一周后,在回程的航班上,我们遇上了强气流。有些人在尖叫,所以飞行员走出来安慰大家——菲利普觉得这个很好笑。

我想到约翰祖父从他着了火的机舱内拉出降落伞落在敌军的领地上。他在法国待了那么久,后来又在医院,都不知道自己将生或死,不知道是否还能再见到我的祖母。菲利普说如果祖父没有幸存下来,就不会有我。

我睡觉的时候还在想这句话。我在想如果我没有出生的话,那么现在会是谁住在我们的房子里?在我每天搭乘的那个小巴上,坐在我的座位上的会是谁?菲利普开长途卡车的时候又会是谁坐在他的身旁?

终有一天,菲利普和我也会老去——这班回纽约的飞机将在我们的记忆深处忽隐忽现,变成一种半是想象的东西。那时约翰祖父已经去世好多年了。

菲利普和我死后,就不会有人再记得约翰祖父,也不会有人记得我们。这些事都会像没发生过一样,即使现在它们真切地发生着。

到那时就没有艾米莉亚了,虽然我就在这里。

我在想我们变老的时候身体会发生什么样的变化。我在想我们那时会如何感知此刻尚未发生的事情。

我们回到萨格港的家后,我将邀请所有的朋友来参加一场盛夏派对,我要大声地笑,拥抱我的朋友们。然后我会牵着菲利普的手来到床边,通过热度来摸索蜡烛,然后将它们一一吹灭,因为终有一天,我们会随着最后吹出的一口气而消失得无影无踪——只在世间留下我们生命的香味,就像曾经捧着鲜花的手掌一般。

雨果先生
法国
1944年

I.

当一个重物突然滚到 A 的身上，惊恐撕扯了他的全身，导致肉体与思想脱离。然后一杆枪插入了他的口中。他的喉咙顶部正在流血。那个袭击他的人咬紧了牙关。他充血的眼睛狂野而骇人。A 恐惧得无法呼吸。枪管似乎扎入了他的血肉。血在嘴里的味道就好像含着旧钥匙。

他的其他战友从前一天下午开始就陆续死去了，他们四仰八叉地躺在田野里，被轰炸得死无全尸。他们已经空着肚子行进了一整天。然后飞机的轰鸣声就接连不断地响起。A 是唯一一个没有跑动的人。他以为自己马上就会在四分五裂的疼痛感中迅速了结。可当"喷火"轰炸机向他们俯冲下来时，其他人像一群无翼的鸽子般笨拙地四下逃散，而 A 则巧合般地向后摔入了一条坦克的车辙，他在那里失去了知觉，极度的疲惫吞噬了他年轻而颤动的身体。

一阵火焰般的疼痛过后，A口中的枪似乎松懈了下来，但枪杆依旧搁在他的牙上。A用舌头舔了舔枪杆。他不知道里头有没有子弹，或者这个持枪的人是否已经伤得无法扣动扳机。

最终，A的思绪飘到了远方。他的母亲似乎就在身旁，哪怕他并不记得她的脸、她的声音，甚至连被她的双手抚摸的记忆都不曾有过。

他记得在母亲的书里曾看到过几句话。他在阁楼上找到了母亲的一箱书。

　　如果尚未来临，则已在当下；如果未在当下，则即将来临。

当他正回忆着母亲、母亲的书，以及他小小的手指翻过那些书页的触觉时，那个人终于把枪从他的嘴里抽了出来。A没有动弹。他的裤子已被尿液浸湿，嘴唇和口腔都已凝着干裂的血。

那个男人从他的身上滚下来，躺倒在他的身边。A慢慢地摸索自己的枪，他把它和另一把武器藏在泥地里。

A不知道这个袭击他的人是否还活着。他双眼紧闭，一动不动。看他身上没穿什么制服，一定是一名当地的抵抗运动游击队员，也有可能是一名家破人亡满腔愤怒的农夫。

A用手背碰了碰这个人的脸。然后他拿出保存在口袋里的那颗太妃糖，剥开了糖纸。他把糖塞入了这个人的嘴里。对方的眼睛没有睁开，但是下颚开始慢慢地活动。他的脸和脖子就像湿漉漉的沙子。

几下艰难的咀嚼后，这个人站了起来，但他似乎不知道身处何地。A看着他，然后又从口袋里掏出了一些肉干和一个小面包。他把面包在水坑里蘸了蘸，将它一分为二。

他们吃完后，两个人都站起身来，向着相反的方向走去。

虽然他的嘴唇和牙龈都已溃烂不堪，但A还是时不时地停下脚步，捡起一小片草，然后将草在他的嘴里立住，他小时候常这么玩。

他刚加入希特勒青年团的时候，得到了一把匕首。他的父亲时不时地把它从壁炉台上拿下来打量。他参加了所有的集训项目，因为其他的男孩们都这么做，也因为能够离开父亲、离开家、进入丛林的感觉很不错。白天的训练很艰苦，可是夜晚漫长而奢侈。有时他会点着蜡烛读书。

有一个周末，监控的人在他的枕套里发现了一本诗集，并向上级汇报了此事。A向长官解释说他的母亲在他很小的时候就过世了，他后来在阁楼里找指南针的时候，意外地发现了一箱属于她的东西。那本诗集被还给了他，但是其他男孩自此都孤立了他。其中的一个对他说，年轻的男人应该玩举重和摔跤。

一天下午，父亲不在家，A又发现了一本书。那是一本薄薄的小册子，上面的句子如温泉般从他的口中涌出。

———◆———

第一晚，A睡在一棵树下。那天空气潮湿，天阴阴的。早上醒来的时候他睁开眼睛一动不动地躺着。到处都有鸟儿在飞翔。他只需要有人把他杀了，然后一切就可以结束了。

他也许还能见到自己的母亲。但他又如何解释他任由自己犯下的那些事？

他压下带刺的枝杈，寻找灌木丛中的果子。

他用与太阳的相对位置计算距离。

两天来他都绕着圈走，然后饥饿迫使他不得不向东，他觉得那里应该有别的纳粹部队正在潜入。他在那里可以获得粮食，得到照顾。他的事肯定会被汇报给上级。一开始他会被批评、遭怀疑。可是接着他就会得到一身干净的制服和一个睡觉的地方。

Ａ一边憧憬着这些，一边渴望会有另一架低空飞行的英国战机在他头上急驰而过，将他炸得灰飞烟灭。他应该早就放弃的。他应该早将那把匕首埋入花园，任其生锈。他听说过那些人的事，村子里那些持异议的人，他们中有的人认为希特勒是个疯子，有的人同情那些遭到厄运的人。他们很快便下落不明，留下他们的家人在耻辱与渴望中生存下去。

开战初期，有传言说战争会通过让步和签署条约很快结束，到时还会有铜管乐队来演奏。可事实是，他很快就跟着战友被派赴法国。参加过第一场战役的老兵们告诉他们这场战争一定是以法国的溃败告终。可是后来他们想象中的那个邪恶部队并没有出现，难道说他们去错了地方，邪恶部队稍后才到？

袭击确实上演着，但却是孤立而无序的。A 杀的第一个人是站在河对岸向他瞄准的那个人。然后他看到身旁和自己同龄的男孩的喉咙像一双翅膀般被炸了开来。

他照着他们的话做。他们对他下达的命令他都会服从。他将自我隐藏在了那个叫我们的代词里。

下午，一个中队的轰炸机低空飞过，将它们的负载投在了前方几公里处。遥远的轰鸣声。漆黑的烟雾静静地升起来。

A 继续在田野上走着。他将沾满淤泥的外套夹在一个手臂下，看起来就像去郊外散步一般。

差不多走了一公里后，A 看到了一个着了火的谷仓。地上坑坑洼洼，还有很多木片。

一个女人烧焦的躯体倒在地上，手里还握着一只水桶。火焰继续在这个午后噼里啪啦地撕扯着。A 坐了下来，在那里可以感受到木头燃烧的温度。

风转向后，农舍的一侧屋顶也着了火。A还想着在这里待上几天，可是整栋房子很快就会被大火吞噬。在最后一刻，A想起房子里头可能还有一些食物，便向着厨房的门冲了过去。

房子里头阴暗而寒冷。地上铺着石地板，架子上整齐地摆放着一列厚实的盘子。盘子是浅棕色的，上面有淡淡的裂痕，令它们看起来很显旧，就像无话可说又无处可看的脸庞。一只小一点儿的盘子上画着几只野兔。兔子都戴着高帽子。盘子上用法语刻着一行字：

"野兔：总有更多的勇气去战斗。"

A曾经有过一只宠物兔。它叫菲利克斯，总是跟着他在农舍后的田野里乱跑。A仰面躺在地上的时候，菲利克斯就在它的身上嗅来嗅去，逗得A忍不住笑出来。一天晚上吃饭的时候，A的父亲不知为何大笑不止。他看着儿子喝完第二碗肉汤后，叫他出去看看菲利克斯怎么样了。

阳光穿过烟雾的盾牌从农舍的窗户里射了进来。桌上有一把刀，以及几块被裁剪成长方形的布。桌上还有几个大号

的回形针,在阳光里闪闪发光。

四下寻找一番后,A在一只篮子里找到了三棵洋葱,还有几根芹菜。厨房里还有一瓶牛奶,上面漂着一寸厚的奶油。A把这些东西都揽到了怀里。正当离开的时候,A瞥了一眼那个画着兔子的盘子,突然想到如果能有一本书,无论什么书,哪怕他看不懂的法语书,那该有多好。他把东西都丢在了屋外,跑上了楼。

楼上浓烟滚滚,A不得不屏住呼吸。第一间房里有两张窄床,床上各有一块白色的毯子,虽然破旧,但是都一丝不苟地罩在了枕头上。房间里还有两只深色的木质床头柜,一只方形时钟,以及一只木质衣柜,衣柜门上镶着镜子。

A冲到窗边,撞开窗户。他深深地吸入一口新鲜空气,身后的浓烟从他的双肩上滚滚涌出。从他现在所站的二楼的这个位置,他更清楚地看到了那个女人的尸体。燃烧的屋顶散发出炙热的高温。

A回到屋里,将衣柜中挂着的男士衣服取了下来。他将衣服一件一件地从窗口扔到外面,看着它们凌乱地落在地上。

第二个房间有一组抽屉柜,令A狂喜不已的是,那里还有一小摞书。没有时间慢慢选择,所以A就抓起了最厚的那本，可是他兴奋得没有抓牢，书落在了地板上。他弯下腰捡书的时候，注意到了房间的另一头有一堆乱糟糟的毯子，旁边是一只简易的摇篮，里头有一张圆圆的小脸正使劲地眨着眼睛。

II.

A将厉声尖叫的婴儿放在牛棚边，然后把自己的外套盖在了女人的尸体上。他脱下自己破烂的制服，换上了楼上拿的衬衣、裤子和外套。这时，孩子止住了哭。他看着A将自己的旧衣服裹成一团，扔进了火海里。

栅栏旁有一个牛槽，里面积着雨水。水面上漂着小虫。死掉的鼻涕虫已经泛了白，卷在水底。A往脸上扑了点水，将污泥和烟灰洗掉，然后用两只手将头发向后捋了捋。

婴儿又一次开始啼哭时，A拿来了那瓶牛奶，用手指舀出了一些奶油。孩子迫不及待地吮了下去，还想再要。A试了多种喂食的姿势，但找不到合适的。他从没见过母亲给孩子喂食的样子，也从没感受过另一个人的体温。这个孩子被A一会儿侧放，一会儿旋转，一会儿倒吊着，以为A在跟他玩游戏呢，他的啼哭倒变成了笑声。

最后，A将牛奶倒入了自己的手掌给孩子舔。吃了十几回后，孩子抬起头来，发出了一声像"喵"的声音。

他们在那里坐了很久，想着下一步该怎么办。

孩子一直张望着四周。A明白他想要什么，这令他绝望无比。

农场的边缘有一扇门。几只鸟停在了门上，看着熊熊大火。A想象着在另一扇门边也许有一个孩子正等着他的父亲归来，他的眼前清晰地出现了那些被他杀死的男人们的模样。

他们坐在那里的时候，孩子一直都紧紧抱着他，他也紧紧抱着孩子。

他们还有很长的路要走。

这将是第一天。

III.

他的父亲会以为他被杀死了。他又可以读书了，可以坐在田里，在野外入睡，然后回归他钟爱的神秘的乡村生活。

他可以把这个孩子当成自己的儿子来养,教他读书认字。他们会一起吃饭,互相逗乐,在小花园里种蔬菜,当夏天河水变浅的时候,他们可以一起游泳。

他的母亲现在变得比以往任何时候都要真切——就好像他变成了她,而他怀里的这个孩子成了他自己。

他知道人们一定会对一个不说话的年轻男人起疑心——但是他有个孩子。他抱着一个年幼得不知战争为何物的小人儿。

缓缓经过的德国士兵不动声色地看着 A 和小孩。法国农民在他们的提问得不到任何回答后,在半空中挥舞着手臂,或者骂着 A 听不懂的话。几天后,他们都饥肠辘辘,孩子啼哭不止。要不是一个老妇人注意到了路边这对步履蹒跚的男人和孩子——他们也许支撑不了多久了。

她的首要任务就是喂孩子,但孩子刚吃出个味儿来就没吃的了。

这个妇人脸上骨骼分明,深陷的眼睛透出严肃的目光,似乎永远都对什么耿耿于怀。她将自己的灰发打理得一丝不苟，像个资产阶级那样。A想她年轻时一定挺美的。A不知道她是否有孩子，他们现在又在哪里。起居室的一角有一只干拖把，倒着立在那边，就像在注视着他们。壁炉边有两把木质的扶手椅，其中一把看起来没怎么用过。地板上有几张报纸，一只猫时不时地翘着尾巴走过。

A的一语不发显然并没有引起老妇人的反感。她独自生活了很久，已经不习惯说话了。她一开始只是担心这个男人会打她。但是过了几个小时后，她又担心他们会离开。

A坐在火炉边小口喝着热汤。他看着老妇人将婴儿摆在一条毛巾上，解开他浸湿的尿布。她用一块温暖的布轻轻地给孩子擦拭，孩子啼哭了起来。她把布拧干后继续擦拭。孩子两腿中央以及大腿内侧都皮开肉绽。他撕心裂肺地哭着，脸变成了蓝色。A把汤碗放下走向他。

当孩子看到A时，稍稍平静了一些，尖叫声变成了哭泣。他轻轻地呼吸了几下后，安静了下来，伸出了他的手。A抓住他的小手。妇人笑了，她用手指涂了点白色的药膏抹在孩子的伤口上。

第二天她把自己的一条旧裙子裁开，示范给A看如何将一小块布安全地固定在孩子身上。

那天晚饭后,她还教 A 如何竖着抱孩子,让他伏在自己的肩膀上,并轻拍孩子的背。

妇人还从楼上的一只箱子里给 A 找来了一双鞋,虽然对他来说太大了,但是他的双脚伤痕累累,因为每晚他们都要在地上寻觅土豆、芜菁、萝卜以及任何可以下咽的东西,所以这双大鞋倒正好可以将脚裹在其中。他们挖出的任何东西首先都被献给了孩子。

一天晚上有人敲门。妇人打开门,那个人说他迷路了,但是他目不转睛地看着站在妇人身后的 A 和他手中的孩子。第二天,有两名男子一次又一次地在房子前走过,并且向里面张望。那天晚上,A 听到附近的田野上传来了枪击声,他决定第二天一早就离开。

妇人在篮子里装满了干净的碎布、苹果以及家里所有的食物。

她站在路的中央目送他们慢慢走远。

那天晚上,她躺在床上,握着念珠,想着自己还能为谁施予援手。

三十八年后,一九八二年,在老妇人的弥留之际,她依旧握着自己的念珠,她从床边人的痛苦中看出了自己的去世将意味着什么。她试着摆出平静的样子,可是疼痛难忍。人们叫她玛丽,但是年长的人更喜欢叫她"麦阿丽"(音同村长),以此体现他们对她多年来为别人所做的一切的感激与尊敬。

月亮升起的时候,她吐出了最后一口气,对她而言,她那最微不足道的一部分优雅地离开了。

村里所有的人都来参加送葬。柩车后面,牧师大声地说着、笑着,因为她让他明白并不只是现世才有的快乐。十五六岁的孩子慢慢地跟在后面,他们隔着一段距离,因为这样他们就可以吸烟、牵手。

IV.

A 和孩子大多数时候就睡在谷仓里。下雨的时候,他们就躲在茂密的大树下。没人的时候,A 会从口袋里拿出书来读给孩子听。虽然他们两个都不解其意,但是这些词句的声音令他们感到安心。

A 知道如何在野篱笆中寻找果实,孩子没过多久就吃惯了蓝莓和草莓。他们的吃和睡都慢慢有了规律,孩子也安稳了很多——不过半夜的时候，他常常会醒来，悲恸地啼哭。

A总是在早、中、晚各给孩子换一次尿布。如果不是太脏，他就会收起旧尿布留着洗了再用。他也一直记得给他涂那个老妇人给的白色药膏。

有几次，孩子哭闹不停，弄得A有点担心。于是他终于开了口，给孩子哼了一首曲子，那是他唯一钟爱的一支曲子，他在孩提时代听过，现在也会莫名地令他感到熟悉，给他带来温暖。他希望这支曲子是他母亲教给他的。他不知道这曲子出自谁手、写于何时、目的又是什么——其实这支曲子正是《异国和人民》①，一九一一年他的母亲在学校小礼堂里演奏这首曲子后还得到了满堂的起立喝彩。

一天早上，他们在一堆湿草丛里发现了一辆自行车。A练习了一会儿后，终于找到了让他俩都能坐上车的方法。

他们在郊外滑翔了几个小时后，来到了一个小得连告示牌都没有的村子。A看到远处有一个咖啡馆，门口站着几

---

① 《异国和人民》(Of Foreign Lands and People) 是作曲家舒曼于1838年所作钢琴套曲《童年情景》中的一首。

个纳粹士兵，他们正一边吸烟一边说着话。孩子觉察到了 A 的恐惧，紧紧地靠在 A 的身上。来不及多想，A 摁响了自行车手把上的车铃，士兵们下意识地从中间给他们让出了一条路。

到了第二天中午，周围渐渐出现了很多高楼，人也多了起来，马路上排起了车队，车顶上绑着东西，车子驶时水花四溅。

他们看到远方的埃菲尔铁塔时，A 从自行车上下来，推着车走。他们已经没有任何食物，孩子变得惊慌不宁。终于，A 不忍心再看着孩子如此遭罪，他抱着孩子，踏入了第一家看起来还算友好的咖啡馆。一个戴着棕色小领带的男人跟他打了招呼。A 用手比划着示意对方他想卖掉门口的自行车，或用它来交换一些吃的。

人们都停下来看。咖啡馆的主人提起几张就餐券在 A 的眼前晃了晃，然后耸了耸肩。一个服务员开始赶他们出去，他闻到孩子身上的味道，因而皱着鼻子，显出憎恶的样子。当他们差不多退到门口时，一个穿着红裙的优雅女士走到了咖啡馆主人的身边，重重地扇了他一个耳光。咖啡馆后面的一个老人也站起身来张望，他的椅子在地上划出了刺耳的声响。

这位女士从 A 的怀里接过孩子，然后抱着孩子回到她的桌边，把她的午餐捣成小块。有几个人鼓起了掌。其他的人则厌恶地摇了摇头。

A 站在门边，看着孩子疯狂地把手伸向女士的餐盘。他高兴得有点晕眩。服务员回去继续工作。当人们吃完饭离开咖啡馆时，有人给了他一片奶酪，有人给了他一点面包，还有人用报纸给他包了点肉。有个女人说他应该为自己带着一个孩子如此行乞而感到害臊。

那个优雅的红衣女子将婴儿还给 A 之前，在一张纸上写下了自己的名字和她在第九区的住址。然后她亲了一下孩子，走了出去。

----◆----

他们在巴黎的大街上游荡了好几个小时，像是一对游客。A 的脚开始有陌生的疼痛。他想要告诉孩子巴黎就像一首刻在石头上的诗。他想起了那个穿着红裙的女子，不知道他们是否从今往后就可以和她生活在一起。她很迷人，用不了多久，他们也许会爱上彼此。他可以找一份工作，帮她修

理房子——晚上给她和孩子读诗。

他们不知不觉路过了卢浮宫,然后慢慢地穿过拱门来到了杜伊勒里宫。A在那里放下自行车,找到了一块晒得到太阳的草地。

他们一起玩耍,拍手,在草地上打滚。蜜蜂横冲直撞地飞向花蕊里,鸟儿在喷泉上方宁静地绕圈。A从袋子里拿出一只又小又红的西红柿,孩子一把将它夺了过去,然后伸出手,送到了A的嘴边。

他让孩子坐在他的大腿上逗他玩。他时不时地从袋子里拿出一点食物喂给他。周围散步的老人都停下脚步看着他们俩。

A捡起落在花床上的花瓣,然后如下雨般将它们洒在孩子的身上。四周的雕塑一动不动,似乎在保卫着他们。

孩子哭的时候,A就轻轻地哼起歌,然后将他拥在怀里。

他们睡着的时候,两颗脑袋挨在了一起。

当其他人开始离开的时候,A拿出了放在口袋里的那位

女士的地址,然后把孩子抱上了自行车。太阳要落山了,晚上会很冷。

当他们经过杜伊勒里宫旁宽广的鹅卵石广场时,A 注意到里沃利街上围着很多人。他想在那里应该可以问到路。他只需要给人们看这张写着地址的纸,然后指着不同的方位做出提问的样子。

人群的中间是一个又矮又结实的老人,他带着一条狗,正在表演杂耍。A 将自行车靠在墙边,抱着孩子挤到了最前面,这样孩子就能看到。狗戴着一顶小贝雷帽,还穿了一件三色的衣服。它靠着后腿立起来时,人们鼓起了掌。老人高兴得红了脸。

没过多久,人群越围越大,行人都得走上马路才能通过。这条狗能耍的把戏多得没个头。A 心想他们也许曾经是马戏团的。当人群大笑时,A 和孩子也随着大家一起笑起来。

突然,有一阵愤怒的吼叫,是 A 听得懂的语言。人们伸长了脖子去看个究竟。原来是因为看杂耍的人太多,一辆三座摩托车没法转弯开进一条小路。司机先用法语大叫,然后用德语,但是那条狗吸引得人们都不愿挪动脚步。

一个士兵从摩托车的侧座上下来，挤入了人群。他向老人吆喝，叫他带着狗离开。

老人做了个怪脸，然后转向了他的小狗。士兵一边摇头一边用手指着老人，呵斥他离开。然后那只小狗竟也摇着头伸出爪子，指着同样的方向。

人们捧腹大笑。

A和孩子也笑了起来，因为这只狗的行为完全没有受到主人的任何指挥。士兵将老人推倒在地。人群愤怒地涌动起来，大声抗议。狗冲出去咬住了士兵的脚踝，士兵一脚踩在狗的身体上，他的靴子将狗死死钉在地上，然后他举起步枪，狠狠地砸向狗的脑门，把它撞在石头路面上。人群愤慨不已，冲向那个士兵。A被推来挤去，他感觉到有危险，但是一下子走不出去。士兵被愤怒的人群围在了一个角落，发疯似的来回挥舞他的步枪。

这时，警察吹着口哨来了。他们试着驱散人群，但是遭到了人们的抵抗。A将孩子搂在怀里，想要挤出这个混乱的场面，但他一不小心撞到了身后的一个警察，警察迅速转过身来，他要求A出示他的身份证。A想要慢慢地退后逃脱，但是警察举起了手枪。

"'我没有路'，"A用英语说道，"'所以不需要眼睛；当我能够看见时，我也会失足颠扑。'"①

一瞬间似乎有了某种相通的东西，或者也许仅仅是困惑，但是这个警察的父亲碰巧曾在勒芒市做过英语老师，他常在周日的晚餐桌上吟诵莎士比亚的名句。

然后军车也开来了。士兵们用他们的方式任意殴打平民。

一个士兵一定以为A在故意拒捕，所以气势汹汹地举着枪挤到了警察的跟前。这个警察叫士兵把枪放下，但是士兵的双眼似乎已经燃起了熊熊大火。A迅速将孩子递给站在他身旁的一个十五六岁的女孩，然后举起手臂表示投降。士兵一边用枪杆抵着A的额头一边大叫。这时有几个士兵开了火，人群乱作一团。正当这个士兵准备向A开枪时，那个依旧抱着孩子的女孩认出了他，他正是去年在一个咖啡馆门口开枪打死她哥哥的那个人，那时她和她的母亲无助地目睹了一切。她毫不犹豫地从口袋里掏出一把枪对着这个士兵的心脏开了两枪。几米外的一个警察看到了这一

---

① A在这里引过的是莎士比亚《李尔王》第四场第一幕中的台词。

切,他对着女孩举起了枪,但是子弹打偏了,炸到了 A 的头上。周围的人感觉到自己的脸上被溅到了鲜血和骨头的碎片。

女孩扔下枪就跑,怀里依旧抱着孩子。一个队的士兵都在后面追她,但是安妮·莉莎跑得很快。她从小在巴黎郊外的一个村子长大,还是滑冰冠军。

她用"圣安妮"这个名字完成了很多任务。她一共杀了九个人,事后都会大哭一场——但她从不放弃。她只有十七岁,但却有一颗坚毅的心。

她的口袋里有钥匙、一本小小的诗歌笔记、一截铅笔头、几根绳子,还有她十三岁生日时她妈妈给她的一枚戒指。

有人劝她离开巴黎一阵子,因为她的身份已经被敌军知晓了——但是诺曼底登陆的消息传到了城里。解放就是几周后的事了。到处都在制定计划、偷运武器。圣安妮的技术和胆量在这个时候是必需的。

她向河边奔驰,在松动的鹅卵石上跳跃,但是绝不会失去平衡。她想要跑到前面的桥下躲一躲,或者藏在一艘靠岸的船里。

当她在街道上奔驰、在树林间穿梭、冲下古老的石阶时,她生命中的往事——在眼前浮现。

她父亲手上的油味。她在祖母家晚上睡觉没有关窗,后来雪花积在了她的睡衣上。打赌骑马,然后坠入爱河。给她的溜冰鞋系上鞋带。她想在蒙马特结婚,居住。她热爱跳舞,热爱美国爵士。

当她跑下通往小河的石阶时,她抬起头来看到了上方路过的士兵。她放慢步伐,故作镇定——但是一个闲坐在河边的人吹了记口哨,然后那些士兵都转过身来。

她沿着塞纳河窄窄的河岸狂奔,那些士兵冲她吼叫,命令她停下。他们包围了过来,她怀里的孩子惊恐得大哭,她抱着孩子实在很难全速跑动。

她又跑过了一座桥后,发现有一条窄窄的阶梯可以通回路面。士兵们跟着她上了台阶一级一级地追赶。当她跑到一条笔直的大道上时,两个士兵停下脚步开了火。有人尖叫。骑自行车的人疯狂踩脚踏板逃命。安妮·莉莎看到了一条小巷,她一个转身切了进去,但是跑到一半时意识到这是一个死胡同。

这下他们肯定死到临头了。

但这时一扇门开了,一个围着围裙、满脸吃惊的男孩怔怔地看着她。她推开他挤入了库房,然后叫他立刻关门。

里面很黑。他们可以听到门外士兵们的皮靴声。然后是一阵猛烈的步枪枪杆撞门的声音,士兵命令他们开门。当婴儿的啼哭声响起时,他们对着面包店的门猛砸,还用他们的靴子踢门。

帕斯卡尔从安妮·莉莎怀中接过婴儿,叫她躲在一堆麻袋的下面。

然后他抱着孩子拉开了门闩。

士兵们对他怒目而视。

"出什么事了?"帕斯卡尔说,"你们要干吗?"

"里边还有谁?"其中一个低声吼道。

"我妈妈,她在楼上睡觉。"

"你的妻子呢?"

"她去图尔看她的祖父了,她祖父说他快要死了,但估计只是得了流感而已,"帕斯卡尔说,"这是我儿子。"

"你儿子?"一个士兵说,"他叫什么名字?"

"马丁。"帕斯卡尔说。

士兵们依旧气势汹汹地瞪着他,直到帕斯卡尔问他们要不要进去喝点咖啡吃点东西。他们一言不发地就走了进去，穿过厨房，来到了餐桌边。他们摘下头盔，闹哄哄地扔在地上。面包店刚关门，但是帕斯卡尔打开了所有的灯，把蛋糕放进炉子里加热，就好像这仅仅是另一个，平凡的日子。